JN182647

『東大出たら幸せになる』という大幻想

三浦朱門

青萠堂

◇プロローグ　一流大学出の人間は勝ち組なのか？

近年、全国に支社を持っている全国紙の週刊誌を中心に、一月から四月にかけて、どの高校からどの大学に何名入った、といったことが、掲載される傾向がある。

全国の国・公・私立大学の入試の情報、予想される入学者の学力偏差値など。

この偏差値というのは、個々の人の得点の平均点との差、つまり偏《かたよ》りをみるものだ。

（偏差値＝一九七〇年代頃から採用された教育統計による学力評価の数値。平均点との差をみるため、評価したい人間の得点とそのテストの平均点との差を偏差の標準値で割り、その値の一〇倍に五〇を加えて割り出したもの）

そしてこの偏差値の影響というわけではないが、四月になると、どの高校から、どこの大学に何名入った、といったことまでリストになる。

そこから自ずと暗示されるのは、一流大学とか、一流高校、といったものである。

一流大学を国立を例にあげれば、北海道大学、東北大学、東京大学、筑波大学、一橋大学、東京工業大学、名古屋大学、京都大学、大阪大学、九州大学などである。

それらを通してみると、一番の難関は、どうやら、東大と京大の医学部らしい。ところが皮肉なことに、日本からは自然科学系で、ノーベル賞が二十名以上出ているが、東大と京大の医学部出身者は一人もいない。万能細胞で有名な、ノーベル賞受賞者の山中博士は京大の医学部教授ではあるが、この大学の医学部の出身者ではない。

だから、というわけではないが、私はこの本で、一流大学の入学者が、本当に社会的に、また個人の生活において、勝ち組かどうか検証して、「生き甲斐」というものを、教育を通して考えてみたい、と思っている。

事実、日本の企業の面接官でも、受験教育で育った人間が得意とするペーパーテスト評価から離れた幅広い人間評価をするようになってきたときく。

受験の勝ち組イコール人生の勝ち組なのか、を見極めるため、受験教育の成功者と目されている東大を含めた一流大学と呼ばれるエリートたちの生き様をありのまま見つめ直してみた。

そしてこの機会に一流校に入ることに意味があるか、またさらに広く教育の意味を考える参考にしてほしい。

ちなみにアメリカのハーバート大学や、マサチューセッツ工科大学の教育方式が近年話題になった。その内容は、「日本人よ、もっと自由に考えて、もっと議論せよ」というメッセージであり、妙にインパクトがあった。この言葉をよくよく考えてみると、不思議なことに受験教育で日本人が忘れがちな人間教育を重視せよということになる。

また、ニューヨークのウオール街の象徴ともいえるゴールドマンサックスなどという金融企業人が書いた「社会人として役立つ教育」の類が注目されている。一見、ビジネスエリートになるためのマネー教育かと思うとそうではない。やはり人格を育てること、それは人を動かす人間になることに通じる人間教育書になっているのである。

こうしてみてくると世界の目指している教育と日本人の教育法は、まったく違った方向に向かっているように感じられる。とにかく世界に追いつけ追い越せと明治以来目先の知識を詰め込むことに躍起になっていまに至っているのが、現代の日本人。

受験教育は、その流れのピラミッドの頂点を目指していく本流であり、その弊害が人間性を培《つちか》うことのない教育となっている不安を感じる。さらに困ったことに近年それが平均点さえよければ、という人間を生み出す結果になっているのではないかとも思う。

もう死語になっているが、企業での勢いは衰えたようにみえる今でも、いまだにエコノミックアニマルと世界から呼ばれるその生き方は、受験生に受け継がれているように思えてしまう。

すなわち受験教育の目指すエリート教育が、かえって社会に出て必要な人間性を失い、世界から立ち後《おく》れる存在になっているのではないか。

人生の成功者になるためには、「受験」という日本社会の仕組みを打ち破り、別の勉強をする必要がある。受験教育より人間教育で、自由な人間性を育て、日本人の品格をまず上げることが大切ではないかと思う。


受験に追われている当事者は、この本を読むどころではないだろうし、またその必要もない。それよりも、この本はいままでの受験教育によって人生の方向を決めてしまった人間たちすべてに読んでもらいたいと思う。

私は八十八歳十一ヶ月だが、人生の勝ち組は八十八歳になるとよく見えてくる。

私からみると大切な青年期を何と無駄な時間を受験のために費やしているかと歯がゆい思いである。あとで自分の人生に気がつき、その人生の現実を評価するのではもう遅い。その後悔をしないために私と同じ東大出の仲間たちをはじめ、まわりの人間たちの生き様をありのまま披瀝しながら、参考になれば、とこの本を書いた。

著者

◎目次――『東大出たら幸せになる』という大幻想

3 東大に行くまでに何を学び、東大で何を学んだか？

4 一流大学出の落ちこぼれは傑物揃い

カバーデザイン――――熊谷博人
デザイン協力――――ジャパンスタイルデザイン

◆この本には著者の既刊本から一部（2頁）を引用、再録しています。

1 東大出の行く末をみれば幻想は消える

5人の東大生のその後

私の同級生で東大を出た者たちの社会活動を見てみたい。

小学校からいっしょに学んだ者の中で、東大出は5名いる。小学校は途中、転校して行った者、転入してきた者など、あわせて六十人ほどであろうが、偶然のことではあるが、受験秀才が集まっていた。そのうち東大五名、それから東京工大が一名、ということになる。旧制中学では東大組は七名いた。旧制中学では一クラス、五十名前後だったが、東大が七名で、京大、一橋などやはり七名ほど。私大は早稲田の理工学部に二名入った記憶がある。かなり時代は前だが、東大出の人生は今とそう変わってはいないはずだ。

まず小学校の東大のうち、仮に一人目から五人目まで追ってみよう。

一人目は私であるが、私のことは後に譲るとして二人目は私など到底及びもつかない、大変な秀才が一人いた。前途を期待されていたが、大学を出て、奨学金つきの、特別研究生という肩書をもって、大学院に進んだが、その年に肺結核で亡くなった。

この抜群の秀才は、学会でも重要な人物になるはずだったのに、残念なことに早世してしまった。

彼は養子だと聞いていた。もう相当の年齢になっていたはずの養父母は実子がないだけに、自分たちの老後を思って、暗い気持ちになられたに違いない。保険の代理店を経営していたと聞いたが、自立営業といっても、高年になると働けなくなるだろうし、その晩年はさぞ侘《わび》しいものになったことであろう。

私の青春時代は敗戦前後で、日本人は食料にも困っており、食料のためとなれば大学の勉強なんか放っておけと私などは考えた。だがそうではない。勉学に打ちこんだ者は、しばしば栄養不足もあって、肺結核で亡くなることがあった。

三人目は東大も工学部を出て、日本を代表する建設会社の技術職について、工事の監理などの仕事をしていた。彼は五十歳を過ぎたころからは、東南アジアを主とする海外の建設事業の監督などをしていた。

この建設会社の技術者になった男には、曽野綾子が海外での日本の建設事業の作品を書くときに世話になった。

彼が土木技師になったが、軍人の息子であった。

曽野は日本が東南アジアと接触するのに、文化の違いによるトラブルがあり、それを書く時、小説では大切な人間性を表現できると思った。それで東南アジアの土木の現場で、日本人技師と現地の労務者の間の、日本なら起きないトラブルを書こうとして、建設関係の技師を情報源とした。私の昔の同級生の彼が、東南アジアで何年も働いた経験もあったので、曽野は彼から色々と教示を受けることになった。

この技術者の長兄は、私たちが小学校六年の時、すでに東大の法学部を出て、キャリアの道を進んでおり、次兄は士官学校の上級生で、パイロットの訓練を受けていた。

彼らの父親は、この次男を軍人にしたのだから、三男にあたる私の同級生には、

「まあ、一人をお捧《ささ》げしたのだから、お前は普通の道を行きなさい」

と教えたという。彼は工学部の土木を専攻して、生涯のほとんどを、戦後の日本の経済復興のための、トンネルやダムの建設の技師として、いわゆるハンバで暮らした。

「とにかく、家に帰るのに丸二日もかかるんだから、家庭生活があるような、ないような毎日さ」

と私にこぼしたことがある。

彼は定年後の晩年は、日本を代表する建設会社が作る研究所の理事をしていた。言ってみれば、子会社の役員になったようなものである。

長年の無理が祟《たた》ったのか、七十歳そこそこでなくなった。

四人目は東大の農学部を出た男で、私立大学の教授の息子と聞いた。小学校四年の時に、私たちの小学校の学区とは、河を隔てた河原に新しい小学校ができた。河向こうから通学していた彼はそちらの学校に移った。私は彼とは偶然、大学の卒業式の日に正門で出会った。彼は最初は公務員だったが、専攻の農学に打ちこみたかったのであろう、中央官庁に技官として入る、と言っていたが、後に公務員をやめて、地方の国立大学の教授になったと聞いた。

彼は小学校時代に別れたきりで消息は絶えたが、大学でできた友人で、旧制高校で彼と同級という男がいてこの男を通して彼のその後を知った。

五人目は途中で小学校四年で転校してヨソに行った子だったが、東大の工科を出た。彼とは私は社会人になって再会した。キャリアの公務員で事務次官並みになっていた。

後に彼は次官級の地位で役人をやめ、某財団の理事長をしていて、私は彼の力を借りることがあった。各種の財団の集まりのようなものがあって、多くは公務員出身で、この種の組織の運営はお手のものであったが、私はドシロウトだったから、彼が適切な手助けをしてくれた。

転校していったこの最優等生も軍人の息子で、文句無しの優等生だった。人柄も明るくて、優等生でありながら、結構、人気もあった。そのためにかえって担任の教師には煙たがられていた面もあった。彼の名前が日清戦争の時の清国側の代表の李鴻章と似ているので、教師に冷やかされたりもしたし、授業中にアンパンか何かを食べてひどく叱られたこともある。

軍人の父親は、毎朝、従卒が馬に乗って、迎えに来た。従卒は彼の家に来る時は、自分が馬に乗るが、彼の父親が馬に乗る時は、その後ろから歩いて行くのである。私たちの家は中野区にあったが、勤務先は確か世田谷区だったと思う。階級は中佐、つまり歩兵でいえば平時でも千数百名の兵士が作る連隊が一つの単位として兵営を作っていて、その長が大佐だったから、連隊長を補佐する仕事だったのであろう。

彼には四歳ほど年上の姉がいて、私は彼の家に遊びにゆくと、その姉が私たちにウルサイとか、勉強のジャマだと言うのが迷惑ではあったが、どこか一人前の女の感じがすでにあって、それが私にとって憧れのような、拒否感のようなものを起こさせた。

彼は小学校三年の時に、父親の転任で、転校していった。あるいはその時、父親は大佐に昇進したのかもしれない。年齢は四十代の半ばだっただろうか。

彼も軍の学校には進まなかった。私の知る限り、軍人の息子は、軍人の学校には入らなかった。私たちが小学校を卒業するころ、すでに大陸では日本軍は中国の国民政府軍と戦っていて、軍人でもエリート層の一部は、大局を見通して、息子を軍人ではない道に進ませたのかもしれない。

陸軍の将校を養成する陸軍士官学校の入試が難しかったのではない。士官学校の入試が難しかったのは、皮肉なことに、アメリカの大恐慌にはじまる世界的不況で、東大を出ても就職が困難、という時代であった。士官学校を出れば、確実に現役の将校になれるし、そうなれば生活に困らないからである。

私たちが士官学校を受験する年齢になった時代は、千名単位で入学を許した模様で、旧制中学で、成績のカンバシからぬ層でも、結構、士官学校に入っていった。

とにかく、この優等生は旧制高校から、東大を出て、キャリアの公務員になって、事務次官相当の地位にまで登り、五十代の末に、特殊法人の理事長になった。

私が妙なことで文化庁の長官になって、それを辞めて、やはり特殊法人の仕事をしている時に、彼と何かの会合で一緒になることがあった。しかしそういう彼も恐らく七十歳前に、背広を着て出勤する仕事はなくなって、年金生活者になったはずである。

彼にしても、敗戦後は、軍人であった父親は将官になっていたかもしれないが、軍が解体したのだから、戦後は当然、失職したはずだし、その息子は大学を卒業するのに、相応の苦労をしたであろう。彼の生涯は順調、と言うことはできても、敗戦後の数年はかなり厳しい生活だったと思われる。

東大出の一人として

おしまいに私だが、父親はイタリア文学青年のなれの果てで、生活のために編集者もやった。イタリア語や英語の書籍の翻訳もした。戦時中は、ムッソリーニのファシズムのイタリアとドイツは枢軸《すうじく》国として、共闘する立場だったから、父は日本の役所で、イタリア関係の仕事をした。また日本が占領して東南アジア向けに、政府の資金援助を受けた出版社から、英語とタイ語の宣伝雑誌を出したが、私の父はその編集などもやっていた。

そんなこともあって、戦後は仕事がなく、それでも戦時中のコネを利用して、米国に日本の産物を買ってもらう、雑誌のようなものを出して、日本の商工会議所の公認をもらおうとしたが、上手くいかなかった。

結局、彼はジャーナリスト時代に世話になった広告代理店の、社長の相談役の名目で、生活費をもらっていた。後に女子大の非常勤講師になったが、それはまず小遣い稼ぎ程度の収入にしかならなかった。

その子である私は、中学の時もあまり受験勉強などやらずに、旧制高校としては入試がやさしく、父の郷里でもある高知の高校に入った。ここで、やがて作家になる阪田寛夫《さかたひろお》と同級になって、寄宿舎で同じ六畳で暮らしたことが、私たち二人の人生を決定したような気がする。

彼の伯父が白秋《はくしゅう》の詩、『椰子《やし》の実』を作曲をした大中寅次で、その息子の大中恩が阪田が作詩した『サッちゃん』の作曲者だ。

とにかく、戦時中の右翼的な社会的空気、そして、かつてのダラシナイ?旧制高校生の生活を一新しようとする、革新的教授のお蔭《かげ》で、次第に息苦しくなっていた高校生活の中で、私は時代遅れの存在だった。

学校では厄介者。勉強はしなくとも、当時の制度の高校を卒業すれば、東大でも文学部なら入れる。大学入学後、約半年で戦争に負ける。私は小遣い稼ぎになるし、若い女性と接触できるので、雑誌「婦人画報」のファッション関係のバイトに熱中して、大学はお留守になった。

それでも戦後、大学も苦労している学生への労《いたわ》りであろうか、卒業論文も怪しげではあったが、とにかく卒業させてくれた。卒業後は父のコネで日大の非常勤講師になり、二十代の半ばから小説を書くようになり、やはり小説を書く女と結婚した。

このようにして考えると、東大出の同級生は、若くして死んだ一人を除いた、他の四人はそれなりに、不満は言えない生涯を送ったと言えよう。しかし世の人が東大、東大というほど、華やかな人生ではない。

東大といっても、現在では一学年三千名、私の時代でも二千名余も入ったのだから、そうそう恵まれた生活が保障されるほどの特権階級ではありえない。

ほかの東大出はどこへ

中学（旧制）から東大に行った者もみてみよう。

中学のクラス五十名ほどの中では、東大にはいっしょに七名進学した。一人は有能な商法の弁護士として、日本企業の外国企業とのトラブルの解決などをしていたし、特許法や著作権法についての著書もある。

後は大体、大企業の管理職になった。銀行に入った男は、支店の監査をする役についたとかで、私の家が世話になっている銀行の支店の監査に来て、オトクイの中に私の名前を見つけて、わざわざ訪ねてきてくれたことがあった。

彼などが典型で、大企業に入って、定年近くなると、子会社の役員になる、といった道を歩くのが、東大の法学部、経済学部、工学部の出身者の姿である。

ついで旧制高校をみてみよう。旧制高校は東大と京大の予科のようなものだった。

私の出た高校は、全国レベルではあまり高い評価を受けてはいなかったが、それでも進学を拒否した一名を除くと、全員が東大と京大に進んだ。そして彼らの経歴は中学の東大出と変わるところはない。高級公務員、大企業の社員、その会社や子会社の役員になって、定年後、収入は減ったにしても、数年間はとにかく無職にはならなかった。その後も退職金、貯蓄、年金などで悠然と老妻と自己所有の家で晩年を過ごす。

これだって、普通の人から見れば、憧れの世界かもしれないが、せいぜいがアッパーミドルというか、中の上といったところであろう。言ってみれば、庶民の上流階級である。しいて悩みといえば、長年の貯蓄と年金で老後の生活はナントカなるが、大学を出た娘の結婚の費用をどうするか、娘も働いてそれなりに金を貯《た》めてはいるようだが、親として一応の面倒は見てやらねばなるまい、といった程度である。

東大出で出世した者は皆無

しかし東大出で、いわゆる出世、というほどのことをした者は、私のかつての同級生の中には一人もいない。

明治時代は立身出世を表す言葉として、「大臣・参議」という言葉がある。今では大臣も大分値打ちを下げたが、世間の評価では、まあ一応の成功者とみなしてもいいだろう。ところが私の中学の同期で大臣になったのが一人いるが、彼は大学くらいは出ているかもしれないが、どこの大学かは私は知らない。また東京都下の自治体の市長をしている男にしても同じである。彼らは東大どころか、高等教育は受けていない可能性もある。

東大出で一人、文化勲章を受けた医学者がいる。彼は変人で、細君の出身地の東北に引っこんで、クラス会、同期会などに出てきたためしはない。

彼と比べるわけではないが、先ほど言ったように私は東大の文学部だが、成績は悪いし、旧制高校では、停学にだってなっている。もっとも、停学の項目は学籍簿からは抹消されているらしいから、停学になったというのは、今や学歴詐称になるかもしれない。高校の同級生としては、私と共に文学活動をはじめた阪田寛夫が、世間的には名を知られていよう。

ほかにも有能な裁判官、弁護士になった男たちもいる。しかし彼らも一応は裁判所や、弁護士事務所に勤めて、職業能力を磨いて、一人前の職業人になったのである。それなら司法試験の合格は何年か遅くなるかもしれないが、独学で法律の勉強をして、裁判官になり、弁護士になれば同じことで、何も東大など行く必要はなかろう。

ペーパーテスト人間をつくってどうする?

ただ入社試験だろうと、公務員試験だろうと、学力テストになると、東大は強い。ある新聞社の幹部から聞いたことだが、学力テストでよい点の者を採用すると、東大ばかりになるし、東大出の新聞記者は頭が固くて、ジャーナリズムのような柔軟な考えや見方をするには向かないかもしれない。それで、わざと成績の悪い、しかし面接などで、特異な意見を述べるような者を採用する、といった話を聞いた。

東大など、いわゆる難関校の入学試験の問題には必ず答えがある。その答えにどれだけ近いかによって、優劣がきまる。

だから東大の卒業生が公務員に多いのはわかる。彼らは法律とか、前例といった答えを記憶しているから、問題が出てきても、模範解答を作るのはお手の物だ。彼らの上に有能な政治家がいれば、政治家はその時の日本が直面する混沌とした現象の中から、新しい問題を取り出して、その解答を公務員に求める。この場合でも、東大出の公務員は学生時代から模範解答を出す訓練をしているから、確かに有能であろう。

しかし彼らが政治家になっても、さまざまな社会的問題に対して、新しい法律を作るなどして、国の新しい未来を切り開く、といった仕事には不適であろう。言いかえると、偏差値秀才は、人間の夢や生き甲斐などまったく無縁な価値評価によって、経験則重視の社会の伝統が求める存在になるだけなのである。

一流大学出が、本当の意味の創造力がないために、責任ある地位についた時、かえって部下に軽んじられることもありそうに思われる。またそういう地位の収入は世間が考えるほど多くはない。

東大出を使う人はなぜか無学の創業者

日本の代表する企業、トヨタにせよ、パナソニック、ホンダにしても、また日本発で、次第に世界に認められつつある『味の素』にしても、創業者は東大どころか、ろくに学校教育を受けていない人たちである。

彼らは東大卒を利用した。『味の素』のグルタミン酸ソーダを開発したのは、確かに東大出の東大教授であった。しかし、その社会的意味を見出して、企業として成功させた人は東大卒ではない。

東大、東大といったが、これは別に日本にかぎった現象ではない。

アメリカを代表する事業といえば、自動車と電気器具であろう。あの広大な土地に人が散乱したかのように、農村を作り、町を作っていった。それらの間の通信、物資や人の交流には、到底、伝統的な方法では間尺にあわない。エジソンは電気事業を起こして、電気による通信機械の改良を行った意義はここにある。電灯も彼が最初に発明して、やがてその時代の照明器具、ガス灯を追放した。

また十九世紀までは、流通には鉄道では間に合わなくて、馬車が多用されていたが、二十世紀になって、フォードは実用的な自動車を作りだして、馬車を追放した。

彼らはいずれも、高等教育を受けた人ではない。エジソンに至っては小学校を学力不足で退学になった、という逸話もある。

松下幸之助は小学校を中退して、商家の下級少年店員、大阪電灯の見習工員を振り出しに、電灯用ソケットを考案し、自転車用ランプを作るなどして、日本人に電力を利用することを教え、この事業を世界企業にまで育てあげた。

本田宗一郎は高等小学校を卒業して、自動車修理工になる。やがて本田技術研究所を作り、バイクの製作に乗り出し、その性能によって、世界的にバイク製造者として知られるようになる。

勿論、彼らの会社が大きくなると、東大、京大などの卒業生が入ってきて、製品の改良に大きな働きを示す。それは在来の製品に欠点があることが判っていて、その問題を解くには、彼らの受験秀才的資質が役に立つのである。しかし、彼ら学校秀才が、開発した新しい物といっては無《な》いに等しい。

アイデア企業は東大出が潰《つぶ》す

一つの組織が大きくなり繁栄してゆくと、東大に代表される、一流大学出が重要な地位につくであろう。彼らは模範解答を作るには長じているからである。その組織は内面的には充実して、巨大な存在になるかもしれないが、そこから革命的な物が生れる可能性は低い。

東大出が無能だ、というのではない。しかし彼らが期待されているのは、有能な後継者であり、欠陥の改良者としてである。

彼らは大学を出た時に、すでに、その進路は決まっていて、それは決して広いとは言えない。ある意味では彼らは被害者であるかもしれない。たとえば、学校の成績がよいばかりに、キミなら医学部も大丈夫と、先生に保証されて、妙なプライドから医師になる人もいよう。彼らの全てが医師に向いているとはかぎらない。医師となる知識、技能を磨く能力はあったが、その人の資質が医学に向いているとはかぎらないのである。

たとえば東大などを出た人が社会に出て、職業上は不必要な学識を得意気に自慢したりするものの、専門の部分に卓抜したものがないために、成功者になれない人はザラにいる。反面、数学など不得意で、入試に理系の科目のない私立の大学を出た人から、経済界や政界をリードする人材が生れる。

私の知っている範囲でも、公務員や一流企業の人で、この人は社会も数学も、英語も、成績がよかっただろうな、と思われる人たちの中で、スキのない努力家ではあるが、何かユトリを感じられない人がいる。

こういう人は秘書役としては有能で便利だろうが、彼らが責任ある地位につけば、密かな優越感と、評価の低い大学の出身者や、高卒の人への偏見があって、本当の意味で人材を識別ができない。

それに社会の仕事というのは、究極において、一般庶民が対象だから、どこかドロくさい所があって当然である。エリート意識が内心にある人には、そういう庶民への共感に欠けるものがある。だから彼らが組織のトップに立つと、社会や時世への対応がうまく行かないこともありうる。

有能な官僚の中には、既成の法では処理できない現象ができると、それを法になじまないとして、切り捨ててしまう人がいる。しかしこの問題の中に、新しい時代、状況の変化に応じて生れたテーマ、未来にかけて解決しなければならない、重要な問題が存在しているかもしれないのである。

一流大学出が会社をつまらなくする現実

そういう問題に対応して、新しい分野を自分の仕事とすることができるのは、いわゆる秀才型でない、劣等生型、あるいは無学歴型の人材が多い。

戦後の小型ラジオをはじめとするパソコンなどの分野で、パイオニアになったのは、大企業でもなく、私たちの世代での一流大学出ではない大学出の人たちであった。そして彼らの仕事が評価されるにつれて、その会社は世界的な大企業になり、入社条件がよいために、一流大学出が入るようになる。

一流大学出がその組織の大半を占めると、どことなく活気がなくなり、新しい分野、新しい仕事を開拓する気風などなくなる。そして従来、会社がやってきて成功した仕事の欠陥を見出して、改良するようなことばかりする。

従って、一流大学出が、一流企業の中心になると、先は見えた、という感じになる。ダメになる、というのではないが、良い意味でも、悪い意味でも安定した組織になり、仕事の新しい分野を開拓しようとする流動性を失ってゆく、という気がする。

日本の町工場の中には世界的レベルの仕事をするところがあって、国際的にも知られているという話を聞くが、そういう工場は決して有名大学出がそこを作ったのではなく、人に知られていない大学とか、いや、学歴のない職人あがりの人が、その会社を立ちあげ、優れた商品を作っている例が多いのではないだろうか。

私は昭和二十三年、大学を出て、この年、一九四八年から二十一年間、教師をしたが、戦後、日本の高等教育制度が改まって、今のような制度になったのが、卒業の翌年だった。当時、私が教師をしていた日大芸術学部の入試は、決して難しいものではなかったが、その当時のほうが、現在より多くの人材を出したような気がしてならない。

映画の演出家にしても、カメラマンにしても、あのころの日大の学生は生き生きしていた。学校の制度も整っていなかったが、彼らは学校の教育制度や教師の指導がどうあろうとも、自由に生きていた。

勿論、大半は無名のまま、社会人や家庭人になり、その後、何をやっているかわからないのが普通で、大学を出てからの優劣の差が大きい。そういう違いを産むことが、大学というところに意味のある所以《ゆえん》ではあろう。なまじ入試が難しくなると、似たりよったりの学生ばかりで、その就職先も中央官庁か大企業。これでは学生生活も面白くなかろう。

ずっと後になって、私はフジ産経グループの広告大賞の審査会に参加することになったが、当初は、広告、宣伝など、私の生活とは無縁だったから断わろうとした。しかし審査員の三分の一程度が、所属する会社、職業は違っても、日大の芸術学部出身だと聞いて、それならヤルカ、という気になった。

彼らの中には、普通の社員として、製造企業、商事会社などに入り、何年かの勤務の後に、大学の専攻が生きて、広告・宣伝の仕事にまわり、その分野の管理職になった人がいる。また大学の研究室から社会科学関係の教養を積んで、ジャーナリズムの専門家になった人もいる。また、プロのデザイナー、あるいは、いわゆる広告代理店、企業の委託を受けて、その会社の製品などの宣伝の企画をたて、作品を作る会社に入り、しかるべき地位についた人もいる。

とにかくよい広告・宣伝を作るために、その媒体となるマスコミの、広告大賞を選ぶ際に、その審査に当たるというのは、いずれもその道のプロと見なされている人たちであろう。そこにかつて、私が教えた、あるいは教えないにしても、同じ学部に学生としていた人が、審査員の三分の一を占めるときいて、私は嬉しかった。

やはり彼らは自分の資質を磨こうとして、あの大学、あの学部、あの学科を志望したのだ。そして、色々の苦労はあっただろうが、とにかくもその道で一かどの人材として認められるようになった。その祝福の意味からでも、私は分不相応であっても、審査委員長になれという申し出があれば、それを引き受けるべきだと思った。

それから二十数年経った。私は四十三歳で教師をやめたから、かつて私が日大芸術学部で教えた学生はもっとも若い人でも会社を定年でやめていよう。広告大賞は続いており、私は依然として審査員をしているが、私が教師をしていたころに、学生だった審査員はもういない。

文芸の世界でいえば、今や大家の林真理子も群ようこも、私が教師をやめてから、日大に入った人たちである。しかしここも、もし入試が難しくなれば、やがてただの大学になってしまうであろう。

人をワンパターンにするのが教育ではない

つまり教育というものは、人をワンパターンにしてはいけないのである。

しかし今日のような競争の激しい時代、そしてこういう社会状況に適応した、いわゆるエリートができると、人々はその子弟、子女を、そのエリートと似たコース、似た能力の持主にしようとする。その結果が一流大学の入試難ということになるし、その学生に特定のタイプができてしまうのである。

良き小学生が、良き中学生になる。このあたりまではやむをえまい。義務教育の目的の中心は、その時代のその社会で生きてゆくための標準的規準を教えることにあるからだ。たとえ規準に達しない子がいても、その子が一応、規準の存在とその内容を知っていればよい。それも義務教育の目的の一つだ。

しかし高校になると、少し違ってくる。普通科といわれる、一般教養的学科を教える学校もあるし、商業高校、工業高校、農業高校のように、特定の職業につくことを前提とした、普通科とは違うカリキュラムを持つ学校も作られている。

良き普通科の生徒は、必ずしも良き商業科の生徒ではなかろうし、また商業科の生徒向きの職場に、普通科の卒業生が入っても、有能とはかぎらない。これは逆もまた成り立つのである。

つまり良き小学生は良き中学生であろう。しかし良き中学生は、高校の段階では、かならずしも、その高校では良き高校生になるとはかぎらない。従って、良き高校生は良き大学生だ、とは言えないのである。それなのに今の問題は、良き高校とは、一流大学に大量に入学生を出す高校であり、その結果、良き高校生とは良き大学に入る学力を持っている生徒、ということになる。

昔だって似たようなものであった。良き小学生は良き中学生になった。そして、ある程度までは良き中学生はよき陸軍士官学校生、また海軍士官を養成する海軍兵学校の良き生徒、また高等専門学校という工業、農業、商業などの中堅技術者を養成する学校では良き生徒になったかもしれないが、良き中学生が良き大学生、とは言えないようにするために、その間に高校という学校を置いた。

高校の修業年限は高等専門学校と同じであったが、そこでの教育は中学の延長ではなかった。そこでは勉強をないがしろにすることも、未成年者のくせに飲酒喫煙をすることさえも、大目に見た。スポーツに熱中して、学業をおろそかにすること、寄宿舎の委員になって、仲間の寄宿舎での生活を少しでも快適にするために、非合法的に食料を手にいれようとすることも許された。

良き中学生を集めて、彼の内面に潜む個性や、可能性や大学進学の目的を、当人に確認させるのが、旧制高校の教育だった。成績が悪ければ、どんどん落第はさせたが、個々の生徒の人柄は大切にしてくれた。

つまり良き中学生を入学させておいて、果して、彼は良き大学生になれるか、どのような大学生になりたいのか、当人の資質を再確認させるのが、昔の高校の存在意義、と言えるだろう。そしてそれなりに個性的な存在として、大学に進学していったのである。

2 東大出のご利益《りやく》とは

才能の芽を摘んでいるのは「お受験」

では、受験のレールにはまってしまう原因を考えてみよう。

まず、「いい学校」に入る、という目的意識が何より先行していく。

たとえば、育った環境、というか、両親が教育、それも学校教育に熱心で、当人も性格がよく、知能も人並み以下ではない、といった子は、小学校ではしばしば、よい成績をとる。

そういう子は親や教師や知人も、よい大学にゆけそうだ、お前は物事に慎重だから、東大の法学部から上級公務員の試験を受けて官僚になれ。お前は算数ができて、手先も器用だから、東京工大に行って、新しい機械を作る技師になれ、などといわれる。

お前は学校の成績もいいし、人に何か言われても、反応が早く正確だ。優れたサラリーマンになれるし、うまくすると企業の経営者になれるかもしれないから、慶応の経済にゆけ。あんたは親分肌だし、人を説得するのがうまい、学力も体力も優れているから、早稲田の政経に進んで卒業後は政治家を志せ、などと言われる子もいることだろう。

しかし総合大学、多くの学部を持つ大学では、交響楽団を持っている所があるが、その中でバイオリンの名手が工学部の学生であったり、指揮者としても、作曲者としても優れているのは医学部の学生だったりする。音楽に一番、近いはずの文学部の美学・美術史の学生からはその交響楽団に一人も入っていない、ということだってあるだろう。

高校の段階で、社会、国語、英語の成績がよいと、大学は法科や経済にゆくものと決められるし、数学や物理・化学の点がいいと、大学は工学部か理学部、と決められる、といったところがある。

それはなまじ成績のよい者の悲劇かもしれない。今日、官僚として働いている人、そして企業で機械の設計技師として有能な人の中に、あるいは他の職業に向いていた人がいるかもしれない。つまり、「やりたいこと」を「できること」が潰《つぶ》してしまう人生をおくる。

優れた能力は通知票に現れない

ところが、学校に通う当事者である子供はそんなことを考える余裕はない。普通の子にとって、何よりも気になるのは、成績、学業の達成度による序列である。当人が気にするよりも、父兄が気にするということもある。学期の終わりに通知表のようなものを与えられて、親に見せろ、といわれる。親に見せると、

「あんた、算数がダメね、もっと勉強しなさい、それとも、田村さんとこで、女子大生が夕方の七時から塾をやってるから、そこに行ってみる?」

学業の成績というのは、勿論、頭の良さ、と言われる知能とかＩＱとかも関係するが、小学校のころはそれよりも、環境とか、性格が影響する。

私の母は油絵を描く趣味があった。それで夫が出勤した後、しばしばイーゼルを部屋にたてて、キャンバスをかけ、ダリアの花などを写生する。私はそういう時、本を持っていって、母親に、

「この本、読んで」

とねだる。母はうるさくて仕方がない。それで私に文字を教えることにした。字を教えれば、一人で本を読んでいるから、母は絵に没頭できるのである。

前にこんな回想を書いたのを想い出した。

――私の場合は学校を休んで、本屋の店が開くころになると、小銭をもらって本を買いにゆき、一日、本に読みふけるようなことを、母は許してくれた。家にも文学書があって、私は漱石や竜之介は小学校のころから読んでいた。

小学校五年の秋だったと思う、父が六大学野球につれていってくれることがあった。ちょうど、翌日提出の宿題があった。地理という課目で、北海道、東北と地方ごとに土地の自然と人文を理解する課目だが、一つの地方を終わるごとに、地図を写し、山や川、平野などを色や線で塗りわけ、都会や鉄道などを書き入れるのである。知識を図形として記憶に刻みこむにはよい宿題ではあるが、子どもには半日の仕事である。

そのことを父に言うと、父は不愉快そうな顔をして、

「お前、その宿題をやりたいのか、野球を見にゆきたいのか。やりたくないことをやるのはドレイだ。私はお前を自由人として産んだが、ドレイとして産んだ覚えはない」

と言った。父は、

「やりたいことは一心にやれるし、従って能率があがる。野球が好きなら、たとえ野球の選手にならなくとも、本気で関心を持てば、野球を通して一つの見識ができる。あることが好きだということは、その物の中に自分を発見するからだ。関心のないものは、自分と

は無縁なのだ。だから努力などということは空しいことだ。ただいやでもやっていると、そこに自分を発見することはある」

私は小賢しくも、しかしそれでは人生やってゆけない。いやでも宿題をしなければならないこともある、と主張した。父は、

「そんな風にして他人と同じことをして、お前の自己はどこにあるのだ、いったい、男というものは、一生に一度、あの人でなければ、あの人がいてよかったと思われれば、それで生きていた甲斐がある」

と言った。私が、

「もし、その一生に一度のことがなかったらどうしたらいいの?」

と質問すると、父はうれしそうに、

「それは平和でいい時代ということで、喜んだらいい。大石良雄が一生昼行灯《あんどん》でいられたら、それは浅野藩にとっても、大石自身にとっても、幸せだったのじゃないか」

と答えた。――(『それでも学校へ行くことが幸せなのか』青春出版社刊)

だから私は四歳の末ごろから、童話の類《たぐい》なら読むことができた。これは小学校に入って

国語の教科書を習う時に、便利であった。先生に教えられなくとも教科書など読める。

性格もある。先生の言うことに従順な子は言われた通りに勉強するから、教科の内容が早く身につく。男の子より女の子のほうが従順な子が多いと言われるが、一つには女性の方が早く成長する、ということもあって、小学校のころの学力では、男の子より、女の子のほうが成績がいいことが多い。

男の子の場合によく見かけるが、関心にかたよりがあって、数学の問題を解くことが、まるで詰め将棋を解くように面白い、という子がいる。当然、彼の算数の学力はズバ抜けたものとなる。

「よい中学」、「よい高校」が危ない

小学校の、この段階から早い子は親に言われて、いわゆるよい中学を受けるための勉強をはじめることになる。

よい中学とは何か？　それはよい高校に入りやすい中学、あるいはよい高校に入試なしに入れる、いわゆる中高一貫校の中学のことである。

ではよい高校とは何か。その高校の卒業生が、日本なら大学という高等教育機関が、一

流大学を頂点とするピラミッド型の序列を作っているから、少しでもその高い場所の大学に大量に送りだす高校がよいとされる。

つまりここから受験だけで評価されて判断する「偏差値教育」が始まる。日本の高校進学率は百パーセントに近い。しかし高校に行かずに、何か職人的技能を身につけることに情熱を持って、学校教育を拒否する子もいないではない。

しかしながら高校卒の半分ほどが大学を志すのが日本の現況である。

この「よい学校」が目指す一流大学とは性格を異にする楽しい大学もある。

私は日大の芸術学部で一九四八年から二十一年間教師をしていた。今の制度の大学ができたのは、厳密にいえば一〇四九年だが、まず新制の大学は一九五〇年代に生れた、といってよかろう。

そのころの日大芸術学部の入試は決して難しくはなかったし、社会でも一九四五年の敗戦の混乱が続いていた。かつての出世コースだった軍人は、職業そのものがなくなっていた。役所も安月給だったし、日本国内に大企業らしいものもなかった。

だから親も自分の子が、どういう道を進んだらよいか、確信が持てなかったのだろう。

そういう中でも、成績のよい者は言わば惰性で、今日の名門大学につながる難関の大学に進学したが、社会の混乱の中で、戦前なら普通の親は子弟に許さなかったような、職業に憧れることを許した。

日大芸術学部でいえば、映画の演出家になろうとする者、写真家になろうとする者、グラフィックデザイナーになろうとする者、出版社に入って、編集の仕事をしたい者、演劇の世界に生きたい者、作曲家に憧れる者など、さまざまな学生がいた。その中から優れた芸術家が何人も出た。一九五〇年代の日大の芸術学部の学生を見ていると、不遜《ふそん》な言い方かもしれないが、楽しかった。

コーヒーを淹《い》れるのがうまい学生がいて、将来、何になるつもりだと聞くと、喫茶店を開きたいという。それで何故、芸術学部なんだと重ねて聞くと、

「やはり、自分のいれるコーヒーにあった店にしたいじゃないですか。店の外面をどうするか。内部の色調は。そのデザインは。従業員は男の子がいいか、それとも私がバーテンとしてがんばっていれば、後はウェイトレスが優しく、コーヒーカップを運ぶだけでいいのだろうか。それに、コーヒーと紅茶だけではまずい。それでは客の注文によって出す物はケーキか、それもどういう種類の物にしたらよいか、考えると色々と問題があります。だからね、こうやって、籍は美術学科ですけれど、東京のあちこちの喫茶店に入って味を

みたり、学費が足りませんから、喫茶店で夕方からアルバイトをするんです」

などと言う学生がいた。もっとも、私は彼が郷里に帰ってから、自分のコーヒーに相応《ふさわ》しい店を作ったか、その店が、町では浮き上がって、商売が上手くゆかなくなったか、などということは知らない。

とにかく、そのころの日大の芸術学部の学生にはさまざまな学生がいて面白かった。女子学生で、

「あたしは映画スターになろうとして、映画科に入ったのですけれど、ここにいたって女優にはなれそうにないから辞めます。たまに映画会社からその他大勢の役で、五、六十人来てほしいなんて話はあるんですが、そんなことをやったって、女優になれませんからね。それよりも最初から芸能プロダクションに入ったほうがいい。それが判ったことだけが、この大学に入った意味でした」

と言って退学してしまった娘がいた。しかしこの子が果して女優になったかどうかも、私は知らないのである。

成績のよいのは人生の不幸？

当今、なまじ学校の成績がよいのは不幸かもしれない。成績がよいばかりに、周囲は一流大学に行けというし、当人も自分の本当の資質を考えることもなく、一流大学を目指して、入学し、卒業して、一流企業のサラリーマンになる。若者の社会人になる道としては一応は成功した、ことになる。

しかし彼は本当は画家になるのが、その資質からすると相応しいのかもしれないし、またラーメン屋になれば、特別にうまい商品を作って、近隣の評判になり、次々に支店を出して、イッパシの企業家になる潜在能力があったかもしれないではないか。

しかし本来の資質とはあまり関係のない経理事務や、自社の製品の販売の仕事などをしているうちに、本来合わない仕事をしているために、ストレスからノイローゼになったりする。それで家に帰って家族に当たりちらすことになる。彼は現在の仕事と、本来やるべき仕事との間に距離がある、つまりその人の資質に向かないことを職業としているからではないだろうか。

それというのも、敗戦後五十年ほどして、日本が世界的な経済・技術大国になると、そこにいつの間にか学校と社会を結ぶ、山脈のようなものができてきたのである。

まず小学校。これは全員が入るので、なだらかな坂をすべての子が登る。その坂がさらに楽になるように、幼稚園という、小学校への坂の傾斜を緩《ゆる》くする設備もある。

小学校から中学への坂も一続きで、いつの間にか中学という坂にかかる子が大半だが、この坂から分離して、より傾斜の急な、別尾根の、特殊な中学に進む子もいる。

中学までは義務教育だから、体が弱い者などを除いて、まずは全員卒業する。つまり緩い坂ではあるが、小学校という丘、それに続く中学という丘を上って、やや傾斜が急な尾根伝いに高校という丘がある。もっとも高校の丘の尾根には険しい尾根、登りやすい尾根があって、子供は選別を強いられるが、それでもまずは高校の尾根に辿《たど》りつける模様である。それでもその途中で、尾根の山道から転落する者も出てくる。

転落した者が全員、社会からの落伍者とはかぎらない。高校という丘をやめて、近くの湖で、サカナを取って生きることを決意する者もいるし、丘や尾根の斜面に木を植えて、材木を取ろうとしたり、花を作って、山を登る子たちに売りつけて、金を儲けよう、とする者も出るだろう。また中学出の子が黙々と開拓している平野の仕事に参加する者も出てくるだろう。

高校という丘の中でも、険しい傾斜の尾根は、一流大学と言われる高峰への進む子たちの高校である。

日本では大学を卒業する者は同じ年齢層の約半数を占める。

人は、というよりも、世間の親がなぜ、子供を大学、それも一流大学に入れたがるかと言えば、それは社会的に高く評価される職業につけるからである。もっとも一流大学の卒業生であるという以外に、何も取柄のない生涯を送る人も少なくない。

他でも書いたが、本音をいえば、一流大学の卒業証書があったって、それが役に立つわけではない。

世の中がまだ卒業証書（学歴）のつぶしがきくと思い、その無意味さがわからないから、就職や結婚の時には有効だと錯覚しているのであろう。多少は箔《はく》がつくと思うかもしれないが、あくまで紙ッぺらである。実のところ、当人が学校で興味を持って吸収して身についた知識や知恵だけが、世に出て役に立つのである。

しかし一流大学に進もうとする当人、あるいは家族が期待する社会的地位というのは、たとえば医師とか法律家。あるいは上級試験を突破した上での国家公務員。世界的に名の知れた大企業の社員、あるいは技師。優れた学者になるための大学などの研究職。日本人に大きな影響を及ぼすマスコミを構成する大新聞社や有力な出版社などの社員。

　これらは一流大学出身者が進むといわれる道だが、二流、三流大学の場合、ちょっと、格が落ちる。医学界にもいろいろな仕事があって、医師を補助する技術者が沢山いる。それは法律の世界でも同じだし、企業だって、そのスケールにおいて大小さまざまだし、マスコミにも多くのタイプの組織があって、それぞれに、多くの人が働いている。

　業界を代表する組織、肩書きがないからといって、彼らが全員、社会での失敗者、とはいえない。私のよく知っているマスコミの世界の成功者だって、全員が一流大学出ではない。そういったことは、あらゆる分野で言うことができるであろう。

　それからこれらの丘から尾根伝いに続く山脈の他に、もう一つの山脈がある。政治家という山脈である。

　これは細いながらも、中学からこの山脈に通ずる険しい道がある。高校という丘からのこの山脈への山道は中学出の道よりは歩きやすいが、決して楽な道ではない。うっかりすると草木の繁ったジャングルに迷いこむ可能性もある。それに政治家の山脈も、大学、それも一流大学出のほうが有利である。

　この山脈は、まず町会や農協で働いていたりしながら、地方自治体の議員になる道もある。人によっては町村長という、小さな峠に上って、それで満足する人もいよう。

しかし野心的な人はそこからさらに険しい道を上って、都道府県の議員を目指したりもする。その究極が国会議員である。有力な政治家に仕えて、政治の表裏を学んで政界を志すことも考えられるが、その場合も、どういう政治家につくか、またそれが許されるか、たとえ許されても、後はその人の資質と日本の政治的空気によって、ある人は総理大臣になるかもしれないし、直接、陛下から辞令を戴く大臣になれるかもしれない。

大臣に及ばないにしても、それと大差ない峠として、都道府県の長というポジションもある。

一流大学でのご利益の中身

それでは、一流大学出というのは、どの程度の御利益があるのだろう。私の出た大学の同期の人の辿りついた結果を見よう。

私は東大の文学部の言語学科という所を卒業した。世間の人は東大文学部までは判っても、

「言語学科？　それ何する所？」

と思うかもしれない。その通り、知る人ぞ知る、知らない人は知らない科である。

私はここに昭和二十年四月に入り、二十三年三月に二十二歳で卒業した。当時、大学は三年制だったから、在学年限からすれば、順調に入学して順調に卒業したことになる。手元に言語学科の昭和六十三年六月の、卒業名簿がある。私が卒業して丁度四十年。私の年齢で言えば六十二歳。普通の会社員なら定年後、二年という年である。

三月の卒業生が七名。九月の卒業生が五名である。普通、九月卒業というのはないはずだから、この五名は単位不足などで卒業が半年遅れたのであろう。

三月卒業の七名のうち、一人は日産ディーゼルの専務。一人は日本を代表する広告会社である電通の副社長。一人は作家という肩書の私。もう一人は卒業の前から、家業を継がねばならない、とこぼしていたが、とにかくも家業の印刷会社の専務。他の三人は全員大学教授である。

九月卒業の五名のうち一人は、卒業式にも出られずに病気で死亡。彼は私の同期であった。父親が単位と卒論は通ったらしいが、到底、大学には通えないが、どうなるだろう、と私に相談にきたから記憶している。

一人は方針を変えて法律家。一人はある県の社会主義政党の幹部。一人は国立国語研究所長。一人は大学名誉教授だから、六十歳の時は教授だったのであろう。もう一人は肩書はないし、現役時代の彼の職業について、私の記憶はないが、住所を見ると、結構なところに住んでいるから、いずれ教授か何かになって、老年を迎えたのであろう。

つまり全員、社会に出て、その道での要職についたと思われる。

この十二名はいずれも、西暦で言えば、一九二〇年代の前半の生れが主体である。私や、私と同じようなコースを通った者は一九二六年生れだが、この十二名の中にはそれより若い者はいない。

その当時、昭和二十三年頃は戦後の混乱期で、簡単にいうと、ろくな学生生活を送らなかったし、学力も見劣りのするものだったはずである。それでも敗戦後の日本の経済成長に合わせて、それなりの努力をして、一応の社会的活動ができたのだから、これは学歴がモノを言ったのか、戦後の当人の努力や資質が花開いたのかは判らない。事情は一人、一人違うものがあったことだろう。

私たちと似たことが、文学部の他の学科でも見られただろうし、他の学部、法学部、経済学部、工学部では、さらに華々しい履歴を作った人たちがいたに違いない。

普通、大学の卒業式は安田講堂で行うのだが、私たちの年は、卒業生が多すぎて、私など式場に入れず、講堂の外のグラウンドで、総長の卒業生への訓示を拡声器で聞き、学科の研究室で免状を渡された。

何だか面白くなくて、私は普通免状をいれる紙の筒など買わずに、ポケットに入るように十六に折って、ズボンの尻ポケットに押しこんで、上から上着を着た。帰ってみたら、免状の縁が折れ曲がり、一部、破れていた。それきり、免状の存在を忘れていたが、母が亡くなった時、遺品の中に、私の十六に折った跡がくっきり残っていて、縁がボロボロの大学卒業免状が出てきた。

私は、フン、こんな形で大学を出て、それが何だ、とばかり思っていたが、母はそれでも私が東大を出たことを密かに喜んでいたのだ、と知った。そうだ、確かに私が大学を出るまで、無事に過ごせたのは、両親、殊に母親のお蔭だった、と改めて、母の愛情に感謝する気になった。折り跡の残った免状を、私は今は大切にしまってある。

一流大学に入れたがる親の愚かな迷信

確かに私たちの世代は一生懸命に働いた。それは日本のためでもなく、サラリーマンでいえば、会社のためでもなく、自分が生きてゆくためだった。

私は二十代の前半に三つの大学の非常勤講師をしていた。一つは日大だが、一つは横浜市立大学、もう一つは東京経済大学。

市大は横浜市とはいっても、横須賀市と隣り合わせと言いたいほど近かった。横須賀を大基地とした帝国海軍が、下士官たちに技術訓練をした教育機関を、市立大学は校舎に転用していた。私は毎週月曜日、午前二コマ、午後一コマ授業をやって、鉄道で品川、新宿を経由して、中央線で国分寺の東京経済大学の夜学の教師をする。二時間ほどかけて電車をおりて、蕎麦か何かで空腹をごまかして、経済大学にかけつける。

厳密に言えば夜間部ではなく、当時、大学の制度が変わって、旧制中学の卒業生はそのままでは大学に進学できない。大学に入るには一年、修学年限が足りない。それで東京経済大学では別科というのを作って、そこに旧制中学卒を一年間教育して、大学入学の資格を与えていた。私はその別科の教師だったが、勤務先は大学だから辞令は大学の非常勤講師である。

この日はかなり辛かった。それに耐えたのも、要するに百円でも多く、金が欲しかったからである。

東京経済大学の学生の出身はさまざまだったが、集団として目立ったのは、当時、国分寺の北にあった、自衛隊の駐屯地にいる自衛隊員、それから府中にある刑務所の看守、そして三鷹に巨大な車庫と職員宿舎があって、そこから来る、当時の言い方での国鉄職員。自衛隊はウヨクであろうし、国鉄はサヨクだろう。彼らが対立して争い死者でも出れば、裁判沙汰になって、府中の看守の世話になることもあるかな、などと若い私は無責任なことを考えながら、教壇に立っていた。

とにかくこの時代、農民も、工員も、商人も、サラリーマンも必死で働いた。落伍すれば生きてゆけない。今と違ってホームレスでも、健康でいられる時代ではなかった。世界的に見て、この時代、もっとも熱心に働いたのは国民として見れば、敗戦国の日本とドイツの国民、それも若者たちだったのではないだろうか。この二つの国が第二次大戦後の世界で、経済力と技術力のある国家になったのも当然という気がする。

中国の言葉に『国破れて山河あり』というのがあるが、変わらぬ物は自然だけで、その変わらぬ自然の中で、国家を頼らずに、日独の若者は、何とか食える道を探して働いた。その結果、戦後二十年もすると、人口割りにすると、戦勝国の代表である米国と肩を並べられるほどの経済大国になりえたのである。勿論、これには日本で言えば、明治の近代化以後も、旧幕時代の「座」という職業組合の精神が、一種の気風として残ったのが力となったであろうし、ドイツではギルドといわれるが、親方が職人を訓練するマイスター制度というものが、大きな役割を果たしたことは忘れてはなるまい。

そして日本の場合、その結果、あらゆる組織の中の中枢にいるのは、いわゆる一流大学出、ということになってしまった。それというのも、経済の復興には、社会科学、自然科学の学力、そして語学力などが必要で、それを持っている者は、一流大学出に多かった、というに過ぎない。しかしそのために一流大学出、というものに対する迷信ができて、親は何が何でも、我が子を一流大学に入れようと思うようになってきた。

3 東大に行くまでに何を学び、東大で何を学んだか？

将来何になりたいか

私の父は妙な男で、私の息子、つまり彼の孫が結婚する時、私の父が愛する孫の男の子に、どんな仕事について欲しかったのか、と婚約した娘が訊ねると、

「そうさなあ、関取かなあ」

と言って彼女を唖然とさせた。「つまらない優等生人生を送るな」という意味のジョークだったのだろう。

また試験運が悪く、入試に失敗し続けた男が私の小学校の同級生にいたが、彼は友人としてはいいヤツだった。やはり勉強はイヤだったのであろう、つきあいはいいし、親しみのもてる少年だった。ただ、気の弱いところがあって、若くして死んでしまった。

登校の途中に、見事なカキの木のある家があって、それは秋になると、葉の落ちつくし

た枝に、ほとんど赤に近いカキの実がたわわに実る。それが甘ガキか渋ガキかが、われわれの最大の関心事だった。私がその家の塀によじ上って、一個、失敬《しっけい》してみよう、と提案した時、彼は怯《おび》えて、返事をしなかった。

彼はその気の弱さで、親に言われるままに受験勉強をしたが、それに積極的な関心を持てなかったからか、いくら努力しても、内容が身につかなかったのであろう。そして失敗は自分の努力の不足と、自らを責め、そのためのストレスもあって、肺結核になって若死にしたのではあるまいか。

彼は気の弱さのために、自己主張をすることは少なかったが、密かに興味をもてる対象がなかったとはいえない。そういうことに、正面から立ち向かっていけば、それなりの成果をあげ、職業人としてもやってゆける人材になれたような気がする。

「学校嫌い」のへそまがり勉強法

私は順調に学校を卒業していったから、学校が好きかというと、小学校から大学まで、登校拒否症的なところがあった。小学校の二年ころから仮病を使って、学校を休んだ。親はうすうすそのあたりを感づいていて、

「あんた、学校嫌い？」

と母に聞かれたことがある。正直に答えると、母はそのことに関して、私を責めるでもなく、ただ黙ってうなずいた。

中学時代は戦争になろうとする時代で、社会も学校もしだいに厳しさをましていったから、そうそう安易に学校を怠けるわけにはいかなかった。それでも学期末になると、担任の教師に呼びだされて、

「三浦、何月何日、何月何日……都合、五日の欠席届けを書け」

と毎学期の末に言われて、その場で欠席届けを書かされ、印鑑のかわりに拇印を押させられた。先生は私の性癖をご存じで、学校をサボっても、あまり責められなかった。

それでも私は私なりに教科に対する関心があって、勉強は嫌いではなかった。

英語でいえば、中学一年の時に、偶然、バージニア・ウルフの『オルランドー』という作品を読んだ。子供だから、作者の英文学上の地位など知らない。華やかなカバーがついていたから、好奇心から読んだのだ。面白かった。そして、こういう小説を読むためには英語の勉強が必要だと思った。

それでジッセフ・コンラドの『ヴィクトリー』という小型の本を買って、それを机の隅

に置いて、時折、最初の頁を開いてみては、まだ判らない、まだ判らないと思っていた。その最初のセンテンスの意味がおぼろげながら判ったのは、中学三年の秋だった。つまり私には英語を勉強する意欲が、最初からあったのだ。

数学も最初は興味が持てなかった。成績も悪かった。しかし、やはり中学三年の時、それにしても、幾何と代数はあれほど対象が違うのに、なぜ、同じ数学として扱われるのだろう、と疑問に思って、教師に質問した。

教師は両者を統一したのがデカルトの解析幾何だと教えてくれた。家に帰って私は長さがａの線とｂの線を一つにつなげて、それで正方形を書いてみた。その面積は、まさに代数のａプラスｂの二乗の公式と一致した。

この正方形と同じものを、ａとｂの位置を変えて、両者で直角を作るようにして、斜辺ｃが元の正方形の中央に正方形を作るように作図して、前の代数式と等号で結ぶと、ピタゴラスの定理になる。

この十七世紀のデカルトの解析幾何からはじまって、この世紀に物理的空間と時間を規定したガリレオから真空と大気圧のトリチェリー、液体のパスカル、気体の体積と圧力のボイル。そしてその総仕上げのような力学のニュートン。彼らが活躍したのが時間的に数十年の間、西暦でいえば十七世紀であることを知った。

そしてその間に三十年戦争があって、宗教と政治が分離する傾向ができ、ヨーロッパの近代化がはじまったと考えだした。そして学校の教科とは別に、西欧の近代化を考えはじめて、数学、物理などと共に、三十年戦争やフランス革命、米国の独立の意味などを調べるようになった。これをきっかけに、数学にも物理にも興味を持つようになったが、理科系では化学や生物までは関心を持つチャンスがなかった。

しかし、歴史という科目は、中学時代には関心を持てる要素はなかった。

ヨーロッパの歴史は古代国家、その衰退。古代国家の遺産の遠隔地への伝播。地方の文化的発達。封建制、王朝の時代、帝国主義。つまり何となくプロレタリア革命を暗示する発展史観。そしてアジアの中国史は、王朝の交代である。ある王朝の歴史は、その王朝を滅ぼした次の王朝が書く。前王朝が勃興《ぼっこう》した理由と、それが次第に堕落した結果、現王朝が天下のために興《おこ》った次第を書くのが、中国の歴史である。そもそも歴史という単語は漢字で書かれているが、日本製漢語である。

そして日本史は皇国史観。

日本の皇国史観と、中国の王朝交代の歴史と、ヨーロッパの発展史観をゴチャマゼに教えられては、こちらは混乱するばかりで、到底、まともな興味を持つことはできなかった。つまり学校で教える歴史はメチャクチャでとても真剣にテキストを読む気にならない。私は歴史が嫌いだったし、成績も悪く高校では落第点をとったこともある。それでも父の高校に入学しうる学力はできた。

また地理という科目も、本州と四国と九州が、しかじかの位置関係にあるといったことを前提に教えられて、世界と比較しての特異性を習わなかったから、地理も興味はなかった。

高校時代は、阪田寛夫と同級、寄宿舎で同室になったために、二人で文学や映画について論じあうことが、生活の中心になった。

高校の国語の教授たちは日本の短詩型に興味を持っていたが、彼らの作る和歌はひどかった。阪田と私は、ヤツラに国文学を教えてやろう、と話しあうような始末で、国語でよい点を取れる状況ではなかった。

英語はシェイラ・ケイ・スミスという女流作家の感性に富んだ短編集のテキストがあって、その作品と作者について、それを教えてくれる教授に質問に行ったところ、

「いや、あれが気にいって選んだわけではなくて、君たちのクラスを突如、担当すること

になって、教科書屋に聞いたら、数がそろうのはあれだけだというので、使ったので、別に作者や作品に知識や関心があるわけではない」

と言われて失望した。また別の教授は、テキストに、岡倉天心の『東洋の理想』を選んだ。日本人の英語は所詮、外国人の文章である。本物の英米人からみて、頷《うなず》ける文章になるはずがない。漢文だって、中国人の書いた『十八史略』と頼山陽の『日本外史』では、やはり日本人の漢文は悪い意味でやさしい。

結局、何だかんだといっても、私は高校の授業には不熱心であったし、時代も悪く、年限が短縮され、おまけに最後の半年は勤労動員という名目で、化学工場で工員として働かされて、授業はなかった。つまり高校で教室の授業を受けたのは一年半ばかり。それも教授に共感をもてないようでは、その教えが身につくわけがない。

第三の新人はみな登校拒否症!?

大学で不勉強だったのは、私の責任というより仕方がない。

高校時代から私は日本の敗戦を予期していた。偶然のことから、聖書の『エレミヤの哀歌』というエルサレム滅亡の詩を見て、敗戦後の日本の姿を見たように思った。そしてこれをヘブライ語で読みたいと思った。またアジアとヨーロッパの最初の戦いであるペルシャ戦争を書いたヘロドトスの『歴史』をギリシャ語で読みたいと思った。

そういうことをするのが、文学部の言語学科だと思ったのに、言語学は言語を社会科学的に研究するところで、私としてはアテが外《はず》れた。

それに敗戦直後の社会の混乱の中で、生活費や小遣いを稼ぐため、婦人雑誌でのバイトなどで、学業どころではなかった。しかも大学二年の初夏に、兵隊に取られて中国大陸にいた阪田寛夫が帰国してきた。同じ文学部である。こうなったら、二人で文学の道にまっしぐら、ということになってしまったのは、自然のなりゆきであった。

私は大学を出たが、学士になったほうがトクだという打算からで、学問が好きだったわけではない。

登校拒否という言葉がある。学校に籍がありながら、登校することをイヤがる、という現象である。

私が文学をはじめて、最初に注文を受けて書いたのは、文藝春秋社から出ている「文学界」という雑誌に出した『斧と馬丁』という短編である。その同じ号に、やはり新人で安岡章太郎という男が『宿題』という作品を書いていた。これは中学の受験勉強ばかりさせる進学予備校的小学校の空気についてゆけない少年が、登校拒否になり、家を出る時は学校に行くふりをして、学校にはゆかず、墓地で夕方までの時間を過ごすという少年の話である。

学校で授業をやっている時間に、墓石にかこまれて、ひたすら時のすぎるのを待つ少年の姿に、私は自分自身を見た。それで早速ファンレターをだすと彼から返事がきて、日比谷の喫茶店で会うことにした。

考えてみると、いわゆる第三の新人というのは、全員、登校拒否症的な要素がある。実際に学校で登校拒否をしたか否かではなく、戦争時代に青春を迎え、積極的に反戦運動などをする気力も能力もないが、時代に対して登校拒否的に対応していった。その次第を、学校生活、社会生活、人間関係、軍隊生活を通して書いたのが、彼らというか、私たち、一つのグループにいれられた者たちの作品である、と言ってよかろう。

私たちは戦争という時代に対して、常に受け身であった。だから戦後になっても、その姿勢は変わらず、戦後体制に対しても、積極的に働きかけるではなく、革命運動に参加するわけでもない。思い切りの悪い対応の仕方をしている。

教育というか、学校で学ぶ生徒の中でも、勿論、優等生はいる。また、積極的に学校に反逆はしないまでも、学校の教育についてゆかない者もいる。

しかし多くの在学生は、いろいろとリクツをつけて、登校はするものの、所詮は、よりよい就職のため、つまり社会人として、有利なポジションを手にいれるため、あるいは落伍者になる恐れから逃れるために、登校しているのにすぎないのではないだろうか。つまりかなりの人に登校拒否症的心理がある。

小学校で同級生で、五人目として登場した途中転校していった絵に書いたような優等生だって、家庭生活は結構、重苦しく、学校で、秀才、級長、模範生、と言われているほうが、解放感を持っていたのではあるまいか。

とにかく、私は彼との接触は小学校と大人になって、それも六十歳をすぎてからの社会人としての社会的?関係であったが、彼は常に楽しげで朗らかであった。彼の家庭での人格については、私は全く何も知らないが、家庭での彼には、それと全く別の彼であったかもしれない。

彼は社会活動というエネルギーを消耗する時間を過ごした後で、家に帰ると、疲れはてて、布団にもぐりこむようになるか、あるいは不機嫌な家族の一員になって、家庭を暗くしていたかもしれない。ことごとに私たちのことを、ウルサイと叱った彼の姉の存在を思えば、彼の家庭での地位もわかろうというものである。

4 一流大学出の落ちこぼれは傑物揃い

一流大出のはみ出し者ほど面白い

一流大学、勿論、それには早、慶、関学、同志社なども入るのだが、それらの大学を出た者は誰でも、法律家、会計士、医師、高級公務員、技術者、大会社役員、それらの子会社や特殊法人の役員になれるかというと、中には例外的な?失敗者もいる。

私の旧制高校のクラスを例にとると、Oは出身の県の最も良いといわれる旧制中学から現役で私たちの高校に入ってきた。一学期のクラスの順位はまあまあだったが、中学時代はかなり成績がよかったのに、高校では芳しい成績がとれなかったのが、堕落の原因だったのかもしれない。

一クラス四十人というのが原則だが、上からの落第生がいるから、大概、四十二、三人になる。

成績が上の十人は現役・飛び級入学組と浪人が大体半々である。学校秀才と努力家の世界である。次の二十人ほどは大体が浪人であった。浪人は苦労しているだけに、あまりサボらない。そこで中の成績は大体が浪人上がりが占める。そこにチラホラと現役入学組がいる、という程度である。

成績の悪い最後の十人はまず、現役組の、しかも全国の名門中学出身者で、あまり努力せずに高校に入ったから、勉強の点ではオボッチャマだった。あるいは飛び級で入ってきた中にも、すっかり安心して怠けて、このラスト・テンといわれた落第生候補のグループに入る者もいた。

Oは一年の一学期の成績は浪人が主体を占める中クラスの一人だった。元々が冒険心に富んだというか、積極的な性格だったから、中の成績は面白くない。それで、私たちの現役組の怠け者のグループに入ってきた。授業はサボり、ウェイトレスや居酒屋の娘などとつき合い、戦争中はやかましかった飲酒喫煙などもたしなむといった、一口で言えば不良組である。

彼は女性についても積極的だったから、水商売の女性にもてた。衣服の上からではあったが、女性性器に触れた一人が彼であった。

「なんか、フニャフニャだった」

と彼は感想を語ったのを覚えている。それでも京大の、今なら大企業に就職する学部に入り、卒業して、学部の教授の娘と結婚した。彼が少年時代のような勉強家になった結果であろう。

大学を出たのが敗戦後三年ほどで、日本は経済再建の真っ只中だった。占領軍の命令で大財閥は解体されて、今でいう大企業などない。Oは占領軍の特別の許可を得て、東南アジアから、ゴム・油脂などを輸入する会社に入った。

今時のエリートだったらハイヤーを乗り回す、といったところだが、そのころの日本にはそもそも自動車というのが滅多になかった。ようやく自動三輪車が、世に出はじめた段階であった。今のハイヤーに当たるのも三輪車で、その後部が人力車風の座席になっていて、上から幌を被せることもできる、というスタイルの車だった。

彼はそれで大阪の街を乗り廻した。高校や大学の友人にも会うことがあった。すると彼らに途中までで乗ってゆけ、と勧めたという。いやみはなかった、純粋に同情の気持ちから、一緒に乗れ、といってくれたのだ、と体験者は語っていた。

サンフランシスコ条約ができて、日本は進駐軍という名の米軍の占領?・下にあったとはいいながら、一応の独立国になった。それまでは外国に売る品物も、メイド・イン・ジャパンではなくて、メイド・イン・オキュパイド・ジャパン（被占領地日本製）と書かねばならなかったのである。

Oは東南アジア、具体的にはベトナムの駐在員になって、椰子油、ゴムなどを買って日本に送る仕事についた。何故、ベトナムのサイゴンかというと、ここは旧フランスの植民地で、一応は西欧の規準が通用したし、現実に取り引きの世話をするのが、東南アジア各地に根をはっている華僑だった。だからマレーからゴムを輸入するのでも、インドネシアから石油を輸入するにも、サイゴンの華僑を通じれば、彼等同士の人脈で、安全な売買ができたのである。

ところが、昭和三十年、一九五五年ころになると、朝鮮半島の武力闘争は終わり、そのブームに湧いていた日本では、それまで鼻息の荒かった商社に優劣ができてきて、Oの会社は倒産してしまった。

倒産は突如のことであった。サイゴンから日本に送った物資はすでに日本に到着しているが、その代金を払えなくなった、ということである。Oは当惑した。所持金は日本に帰る旅費程度しかない。それでは何年も世話になった華僑の商人に済まない。そもそも自分の前途も真っ暗だ。故国に置いてきた妻も、夫の留守の間に、愛人ができたらしく、離婚を迫ってきていたから、それを承諾して、書類を送ったばかりである。

後から考えると、離婚がそもそもの彼のケチのつきはじめだったかもしれない。

正直のところ、Oは日本に帰っても、単なる失業者になるだけである。彼は持ち金で拳銃を買った。そして何年か一緒に仕事をした華僑のオヤジのところに行って、その机の上に拳銃を置いた。

「会社が倒産して、あなたへの借金が払えなくなった。借金の代わりに、私の命を出す。これで私を撃ち殺してくれ」

華僑のオヤジは当惑した表情で、拳銃とOを何度か見比べた。やがて、ゲラゲラと笑いだして、

「これでアンタを殺したところで、代金が入ってくるわけじゃなし、私が殺人犯になるばかりだ。あんたを殺していいことなんか、何もない。しかしアンタは日本の商業の法律や習慣を良く知っている。私はこれから日本と貿易をするつもりだから、アンタの知識を借りたい。生活費くらいは払ってやるが、給料無し、と思ってくれ」

それからOはその華僑の番頭として、日本との貿易をした。それまで華僑から買ってい

た物資を、日本の会社に売りつける仕事であった。買うほうから売るほうになったわけである。

何年か経った。主人の華僑が彼を呼んで、

「君は十分、働いた。君の元の会社が私に与えた損害は、もう償《つぐな》った。もういいから、君は日本に帰りたまえ」

と言って、日本への航空券と何がしかの金をくれたという。

帰国したOは暫くは、親元にいたが、自分で仕事を見つけなければならない。年老いた親に頼んで、幾らかの金をもらって、大阪に出てきた。ここには高校、大学の友人たちがいて、早い者はすでに管理職になっている。彼らの紹介で、別の会社に入ろう、というわけである。

高校時代の友人の一人が、商社に勤めていて、彼を会社に入れてくれた。

「いいか、新卒じゃないんだから、いわば出戻り中年だから、待遇は悪いぞ」

Oが派遣されたのは東北の県庁所在地であって、そこの支店長は、未知の人間ではあったが、彼と同じ大学を、彼と一緒に卒業した男だった。それでも彼は第二の人生を作ろうと、彼なりに熱心に働いた。しかしある冬の日に、昼近くなってもOが出勤しないので、支店長が人をやってみると、彼は火の気のない小さな下宿の部屋で、布団にくるまったままで死んでいたという。年齢は三十八歳ほどであった。

京大出のMと私の〝放尿〟青春記

次にあげるMは、やはり一流大学を出たほうがトク、という例になってしまうかもしれない。当のMに言わせれば、それは話が違う、と言うだろう。

とにかく彼は阪神地区の名門校出身の、勉強家の試験秀才の一人として、私たちの高校に入ってきた。寄宿舎の彼の部屋は、私と阪田寛夫の部屋の下だったのが不運だった、というべきかもしれない。

私たち二階に住む者は「寮雨」と称して、窓から放尿することが始終だった。私はタチが悪いから下の部屋の窓の上にある霧除《きりよ》けの端に狙いを定めて液体を放射すると、そこで霧状になって、下の部屋の窓から、室内に入ることを発見した。

Mは私のそういうやり方を怒って、私が放尿を終えたと思って、窓から身を乗り出して文句を言おうとした。しかし、私の膀胱はまだカラになっていなかった。少量の第二次の放尿がはじまり、それがモロにMの顔にかかった。

Mとその同室の男は、どうせ三浦や阪田は落第するに決まっているから、アイツらは相手にしない、ということにした。しかし私たちは二人とも落第はしなかった。殊に私に至っては停学になって三学期の授業は一日も受けなかったのに、落第しなかった。しかしMの同室の男は落第してしまったのである。

それで彼は発奮した。つまり勉強しようというのではなく、どうせ高校生活を送るならオモシロオカシク、やったほうがいい。それで二年になると、私たちのところにやってきて、仲間に入れてくれ、という。

勿論、私たちは親しい仲間ができるのは大歓迎である。

私たちにガールフレンドがいるのを見て、Mも自分も女性の友人を作ろうと思った。元来がマジメ男である。女に接近する方法も、受験勉強に熱中した彼を思わせるところがあった。とにかく街を歩いていて、これという女の子を見ると、片っ端から、

「ね、お茶飲まへんか」

と話しかけるのである。その田舎街では、旧制高校生は尊敬されていた。東大、京大に進学するのは確実だったし、また義務教育を終えて、十一年も学校教育を受けることを許されているだけでも、いい所のオボッチャマだ、と思われていた。

だからそんな女の子に片っ端から話しかけるようなことをしても、人々は笑って許してくれる空気だった。

そういう時に、否定にせよ、肯定にせよ、無関心ではない反応を示した相手に対して、Mはとりすがるようにして、

「な、お茶飲みいこ、お茶飲みいこ」

と口説いた。そのようにして彼は忽ち、何人かのガールフレンドを作った。しかしかつては受験勉強だけやって、その他のことに一切、目もくれなかったように、彼は学校のことは全く忘却してしまったようであった。それで一学期の成績は惨憺《さんたん》たるもので、落第点をとった科目が一科目とか二科目、といった程度ではなく、平均が落第点になってしまった。こうなったら、落第必至である。彼は休学する、と言いだした。

私は彼を口説いた。丁度、戦争が厳しくなって、私たちにも通年の勤労動員という、工場の工員不足を補うための労働が待っている時だった。

「今という時代は、一寸先がわからない。もう学校は授業はないんだぜ。工場勤務だけになる。だから工場でまじめに働けば、それは及第点と同じになるかもしれない。オレを見ろ。欠席日数は出席日数不足スレスレだったのに、それに停学になったから、三学期の授

業は一日も出ていないんだぜ。それでも出席日数不足で落第ということにはならなかった。お前もガンバレ。この時代、学校でも何でも、個人は大きな組織にへばりついているほうが安全なんだ」

それで彼は元来がひ弱な体質なのに、努力して工場勤務にはげみ、巨大な熱せられたコークスが彼の足に落ちて、火傷とも打撲ともつかぬ負傷をしたが、工場の医務室に通って、足を引きずりながらも、労働を休まなかった。そのおカゲか、彼は無事、卒業することができて、京大の文学部に進学した。

しかし大学進学の夏、日本の敗戦である。Mの父親は軍関係の工場の仕事をしており、敗戦で軍が無くなると、即失業である。

彼は自力で大学を出なければならない。彼は新聞販売店の店内に寝泊まりして、当時はまだ夕刊はなかったから朝刊だけだったが、新聞を配達し、昼は大学に通い、余った時間は家庭教師をして、受験生の面倒をみた。

まじめな優等生が野良犬魂の男に

大学を出ると、彼が卒業した旧制中学から社会科の教師に、という話があった。彼は中学時代は一応はまじめな優等生の一人だったのである。しかし彼はその口を断わる。一家の生活を支える、という重荷が彼の双肩にかかっていた。高校教師、それも新任の給料では、失業した父親を含めた一家を養うことはできない。

この時、私たち不良と付き合っていたことが役にたった、と彼は後で言うのである。

「何万という米軍が日本を占領しているだろう、彼らだって、食物や私服を含めても、色々と、必要なモンがあるわな。それを運んできた船が神戸の港にギョウサン入りよんね。それで、船員たちからアメリカのタバコやウイスキーを手にいれる。その代わりにエロ写真なんかを持ってゆく。そういう業者がいたんや。オレ、そういう店に勤めよう、と決心してん」

彼はそういう店の一つに行って、何でもするから雇って欲しいと頼んだ。

「アンタ、何処の学生さん?」

店のオヤジが聞いた。彼は学生証を出して見せ、あと二カ月ほどで京大を卒業すると言った。店主は首を振った。

「そないな、エライ人、うちは雇えまへん」

しおしおとMが店を出てゆくと、店主が後から追いかけてきた。

「京大を出はるという人が、ウチのようなところで働きたい、と言わはるなら、それなりのワケがおありでっしゃろ、よろし、ウチで働いてもらいまほ」

Mに言わせると、京大卒というのが社会で有利に働いたのは、その時だけだという。

彼はそこで熱心に働いた。大学時代の新聞販売店で寝起きしていたのと同じである。神戸の港に新しい貨物船が入ると、彼はエロ写真などを持って、船に乗り付ける。そこで、タバコやウイスキーと交換し、場合によっては船員の外出着を買ってくる。

「それでやな、船に乗りつける時は、ズボンにセーターという服装でもやな、降りる時はズボン三着、重ね着して、上着もセーターの上に二枚や。そして両手にタバコとウイスキーを抱えて、帰ってくるんや」

それが朝鮮戦争がおだやかになるころ、船員たちが望むものが変わってきたという。エロ写真だけではなく、日本製の双眼鏡とか、カメラを欲しがるようになった。アメリカの高名なカメラマンが、戦場ではカメラの消耗が激しかろうと、予備に持っていった日本のカメラが、ドイツ製の高級カメラに劣らないことに驚いたころのことである。

そうなると、売買の単価も上がり、彼の収入も増える。そして、日本の高度経済成長期に、彼は神戸の中心街でカメラ屋をはじめる。これも儲かった。日本人もようやく食べる物、着る物に不足は感じなくなって、昔の日本人が折にふれて俳句を作ったように、カメラを使うようになった時代だった。それでこのカメラ屋も繁盛したらしい。

次に彼が目をつけたのは不動産業だった。まず税金関係の役所の前に四階建てではあるがビルを建てて、その一階に公認会計士や、代書業の人を入れた。この役所に用のある市民は何かといえば、そういった人や公証人などを必要とするからである。

一階にそういう人がいれば、上の階には、税理士とか、税金問題を仕事にしている法人などが入ってくれる。

次に作ったのが、田舎の企業の神戸市出張用のビルである。市役所の前に作った。どの県庁にもオフィス街というものがある。神戸もまた空襲の痛手から、そういう都市再建の時代に入っていた。

その次がマンション。彼が賢明なことは、マンションを神戸だけでなく、博多とか、名古屋のような、地方都市ではあるが、経済の中心になるような地区の中心から少し外れたあたりに作った。それで阪神大震災の時も、致命的な損害は被《こうむ》らなかった。しかし、彼は言うのである。

「しかし、マンションも考えもんやで。オレはな、自分のマンションの最上階を自分用にして、屋上の一部に土を盛って庭を作っていたんだが、震災で、庭はパーよ。それはいいけど、水道もいかれたやろ、うちのヨメハン（関西では、妻のことをこのように言う）がウンチしたい、いう度に、こっちはバケツ持って、十五階をエッチラ、オッチラ歩いて下りてやな、今度はそのバケツに水をいれて、十五階の階段を上がらんならん。ほんま、地獄やで。もう、マンション住いはやめや」

彼は阪神地区の高級住宅地に、邸宅を構えた。数年前、私が関西に用があって、彼に会いたいと伝えると、何時もなら、有名なレストランなどで食事をするのに、自宅に来いという。それも近くの駅の改札まで迎えに出るから、その駅に来いという。

改札で会って、彼の家まで歩いて五分ほどだったが、彼の歩きぶりで、彼があまり健康ではないのを知った。彼の家の客間で一時を過ごして、彼が飯を食ってゆけと言うのを振り切って帰ってきた。彼は口にしなかったけれども、彼は面倒な病気を抱えていることは明らかだった。

彼の死を知ったのは、それから二月《ふたつき》ほど後のことだった。

彼はやはり決断と行動の人だったと思う。高校に入るまではガリ勉。入ってからもしばらくそうしているが、阪田寛夫や私の生活を見て、折角、高校に入ったのだから、そういう生き方もしてみよう、と思う。

そして成績が悪ければ休学しようとする。しかし私の忠告を受け入れて、工場では熱心に働く。繃帯の足を引きずりながら、コークス製造の作業をするのを、工場の技師や監督の高校の教授は、痛々しい思いで眺めていたのであろう。Mは無事、卒業する。

敗戦後も学業はともかく生活のために苦学生の毎日を送り、卒業後は人聞きのよい教師などにならずに、非合法的な、人に尊敬されにくい仕事に身を投ずる。しかし時代の変わり具合、日本の復興を見て、忽ち、職業を変える。対象を外国船の船員ではなく、日本人に、そして扱う商品も小物から、不動産に切り換える。見事というより仕方がない。

彼は八十代の前半で亡くなったが、その生涯はドラマチックであった。彼は自分の人生を自分で切り開いてきた、という自覚を持っていたことだろう。

たとえば、一流大学を、よい成績で出て、一流企業に入り、四十歳ころ管理職になり、五十代で勤務先か子会社の役員になり、七十で引退する。後はローンの払い終えた、一応の家で老妻と囲碁とゴルフを楽しみに、ただ生きるための生活を続ける。こういった生活をした人は、彼は大学の卒業免状、働いている企業名のついた名刺、それから肩書。それ以外に誇るものは何もなかろう。

肩書がなくなれば、特殊技能を持たないかぎり、ただのオイボレである。当人もふと、オレの一生は何だったのだろう、と思う瞬間がありはしないだろうか。つまり彼の一生は肩書だけの人生だった、と。

それに比べるとMの生涯は、私には輝かしいと思える。

それは世間的には名を残さなかったかもしれないが、人は社会的に有名になるために生きるのではない。自分の目前の問題と格闘しつつ、自分の生きる空間を切り開いてゆき、それに成功することが、生き甲斐というものではないだろうか。その意味で、Mの生き方を、私は尊敬しているのだ。

5 八十八歳になると優等生・劣等生のホントの顔がみえてくる

物質的幸せの先に孤独な死が待っている

前の章であげたOとMを比べると、二人とも京大を卒業する、という点までは同じであった。Oはその卒業免状のお蔭で、当時としては、よい企業に就職できた。当初は、仲間も羨《うらや》むような状況だった。まだ外国に行くのが難しい時代だったが、今でいう駐在員になって、東南アジアのベトナムの、そのころの言い方ではサイゴンに赴任した。

ところが当時、日本の経済はまだ脆弱《ぜいじゃく》であったのだろう、繁栄すると思えた勤め先が倒産してしまう。それはOの責任ではない。本社の経営陣や敗戦日本という時代のせいである。

一人きりになったOは、拳銃を持って、自殺同然の行動に出るより仕方がない。その時にはもう京大卒の免状など役に立たない。役立ったのは、日本の商社マンとしての、彼の経験と能力だけである。

しかし着たきりスズメで帰国すると、大卒の免状や、友人関係がモノを言って、二度目の就職をするが、その職場で、花を咲かす前に、東北の県庁所在地ではあるが、一間きりの借り間で、孤独な死をとげた。

しかしOの生活と、大企業で、企業の発展と共に一応の物質生活を楽しみ、そして組織の中でそれなりの肩書を手にいれて、退職後も安定した生活、と言えば聞こえがいいが、要するに死ぬのを待つ、という生活と、どれほどの違いもない、という気がする。

Oも、安定した大企業の定年退職者とは、他律的、という点では同じではないか。Oが自発的になったのは、拳銃を持って、借金を作ってしまった華僑の許に行った時だけである。いや、その時でも彼は相手が、自分を撃ち殺すなどとは思っていなかったであろう。それほどの決意を見せれば、相手も未払いの代金のことは諦めてくれる、と当てにしていたのだろう。

つまりこの時、Oはこの華僑に頼ったのである。

就活だって寄らば大樹の受け身型生き方

寄らば大樹の蔭、という言葉がある。頼りにするなら、頼もしい相手を選ぶべきだ、という、世間知そのもののような言葉である。近ごろの婚活、就活というのもそのようなものであろう。頼りになりそうな異性、頼りになりそうな就職先を探し、少しでも有利な相手、職場を見つけよう、という算段である。いささかイジマシイ。

しかし、そもそもそういう連中にかぎって、少しでも社会に出るのに有利な学歴を手に入れようと、世評の少しでも高い大学、高校に進学しようと、受験勉強をしてきたのだ。しかし学校教育とは、そのような受け身一方の青少年を作るところなのだろうか。確かに、教育にはそういった面がある。たとえば、戦争中まであった軍学校は、やがて将校になる少年に、朝、起床の時から、就寝の時まで、すべて一つの規範によって束縛して、無意識のうちにも、それに従うように指導した。その結果、型にはまった軍人ができる。それは日本軍の戦闘方式を実施する場合には、機械のように計画を現実のものにするから、便利な存在であるが、それでは千変万化する戦場では、高級指揮官としての役は勤まるまい。事実、日本軍はそういう指揮官が戦闘をしたから、米国からは日本軍の戦闘は型通りだ、と軽蔑されることになる。

しかし、現場の将校が、独創性を持って、命令通りにしなかったなら、軍を動かすトップとしては、計画の立てようがない、といったことになるだろう。

だから下級将校の時は、ワンパターン、つまり命令された通りにやってゆけばよいが、次第に上級になって行くと、そこに独創性が必要になってくる。だから高級将校や参謀になる人材を養成する陸海軍の大学校では、妙な面接試験をしたという。私が聞いたのでは海軍大学校で、受験生にこんな質問をしたという。

「ここに六本の樫の木があって、猿が五匹居る。樫の木に猿を一頭ずつ上らせるにはどうしたらよいか」

この模範解答は、

「六樫五猿（ムツカシゴザル）」

というのだという。多分、これは受験生のコチコチの頭に刺激を与えて、柔軟な考え方をするように、というので、最初に食らわせるショックなのであろう。しかしこんなテストで受験生の頭が柔軟になるものだろうか。

「もし、日本から軍が無くなったら、お前はどうするか」

と聞かれたら、敗戦までの日本の軍人は、「そんなことあるわけがない」

と答えたことであろう。しかし実際問題として、敗戦によって、日本から軍隊というものは無くなったのだ。

現場指揮官の資質は優等生では身につかない

軍人には気の毒だが、戦後の職業軍人の一人一人の生き方は、脇から眺めていて、なかなか面白かった。

勿論、若い者たちは、普通の大学などに入り直して、戦後の社会にうまく適応した。私の友人、知人の中にも、そういう元軍人や軍人のなり損ね、という人たちがいる。問題は中年や中年以上の中級、高級軍人たちである。高級軍人たちは、軍が無くなった時はすでに、五十歳代になっていたから、戦後の社会に対応する以前に、一人の老人であって、社会人ではなくなった。

しかし中級将校たちの一部は、軍の指揮者として養った、組織の作り方、運営の仕方を生かした。戦後社会にできた、さまざまな企業が組織として、やってゆけるよう、その経営者たちを助けて、企業を運営してゆくのに貢献した。

また語学力、外国の、殊に、朝鮮半島や中国大陸の知識、コネを生かして、商社などで活躍した人もいる。しかし大半の軍人は、厳しい条件でも生き抜いてゆける体力を基本にするより仕方がなかった。

戦後というものを、色々の面で捉えることができるが、その一つは空襲、その他で破壊された社会のインフラ、鉄道、道路、建築物などの再建であったが、そういう現場で、頼りになるリーダーとして、かつての軍人が活躍しているのを、私は何例か知っている。彼らはその体力によって、部下に畏敬の念を起こさせると共に、指揮官としての経験を生かして、作業の運行、それにあたる個々の労務者の能力、資質を見抜いて、うまくその現場を運営していった。だから上からも下からも頼りにされ、次第にそういった職場で大切にされるようになったのである。

私の知っているある一流大学の工学部、土木学科の卒業生が、そういった現場の技師になった。彼の労務者の扱いはヘタ、などという段階ではなかったらしい。ついには、彼らに憎まれて、ある夜、飯場（ハンバ）といわれる宿舎で眠っていると、覆面をした何人かの男に襲われた、彼の職場はダムの構築で、ハンバも人造の湖水が近くにあったが、そこにほうりこまれたという。

現場で、上の者に信頼され、下の者に尊敬されるような管理職になるのは、一つには資質の問題であろうが、また、それは教育の問題である。率直にいって、旧制高校から工学部に進学する者には専攻学科によって、最初から色づけされている面があった。

数学や物理はできるが、スポーツのほうは苦手、という男は、精密工学や新しい化学技術を研究するような科に進んだし、理科系のくせに、絵を描く趣味があって、器用な男、というのはしばしば建築学科に進んだ。そして在学中はラグビーなどに熱中して、成績の方は今一つ、という連中は、しばしば土木学科に行った。

土木に行くのは、頭が悪いのではないが丈夫で、敢闘精神に燃えているが、学科のほうはどうも、というタイプが多かった。

また建設現場の技師に聞いても、

「設計図は設計図ですけどね、いざ、工事をはじめてみると、現場の地質が、設計者が考えていたのとは違っている、というのが実際のところですね」

だから設計図通りには事が運ばない。設計図を基本に、何とか、その意図が生きるように、細工をするのが、現場の責任なのだ、という。つまり世の中は、実にさまざまな人材を必要としているし、そうでなければ、決して上手く回って行かないものなのだ。そういう個々の人間が直面している問題に対応できるように、年少者を訓練するのが、狭い意味での社会的教育、というものであろう。

八十八歳になると人生はすべて見えてくる

私は今もうじき八十九歳である。小学校、中学校、高校、大学の同級生の多くは、すでにこの世の人ではない。

しかし彼らが亡くなる前、そして、現在、生きている者は大体が隠居である。たまに会った同級生に、私が、

「オレはまだ働いているぞ」

自慢したつもりで言うと、彼らは気の毒そうに私を見て、

「お前、あのころサボっとったからなあ」

と昔の借金を払うために、今も苦労している者への同情するような顔をする。

しかしかつての同級生が、社会に出て、どんな職業についたかは、今になってみるとなかなか興味がある。東大出を中心にこれまでみてきたが、ここで少し枠を広げて同時代の記憶に残る者たちにも焦点を当ててみたい。

今は亡くなった者も多いが、生前のわかっているかぎりの職業を書いてみる。もっとも、

成績が芳しくなかった者の多くは、その後の行く末は判らない。最初に入った小学校は東京の西郊の、当時は農村だったところだが、そこには二年ほどしかいなかった。

ここでトップだった少年は、後に私は今でいう都立の、まだ十校しかなかった中学に進学した時、そこの定時制に通っていた。校章は基本的には同じだが、少し違っていた。

私は下校の際に、同じ校舎を使う定時制の徽章《きしょう》をつけた彼とすれ違ったことがある。戦時中のこととて、胸に名前と学年をいれた札をつけていて、すぐに彼と判ったが、互いに素知らぬ顔ですれ違った。彼のその後のことは知らない。

このクラスに地主の息子がいて、彼は東大の工学部を出て、日本を代表する自動車会社に入って技師をやっていたが、彼の地所が宅地として高く評価されることになって、いち早く農地から宅地に地目《ちもく》をかえる必要があったのか、地主仕事が忙しいらしく、技師は比較的早くやめてしまった。

当時、貧しい小作の息子で学校の出来もよくなかった子とが、教室で私の近くにいた。風の便りに聞いたことだが、戦後の農地解放で彼は自作農になり、やがて、それが宅地として売れるようになって、彼は大金持ちになった。

彼はその金で韓国に女遊びに行くのが趣味だという。私は密かに祝福した。韓国に中年男の欲望を満たすために行くのを祝福したのではない。そういう暇と金ができたことを、彼のために祝福したのである。

私の想像だが、彼は昭和十三年、大陸で戦争がはじまった翌年、小学校を出ると、すぐに農業を手伝わされたであろう。戦争が厳しくなると、徴用という名の強制労働で、近くの飛行機工場で働いたかもしれない。敗戦間際には、軍隊にとられたことも考えられる。戦後は小作として、また農地解放の後では自作農として働いていただろう。

東京の郊外であり、食料不足の時代だったから、何を作っても、都会から買い出しに来る素人の奥さんたちを相手に、それなりの経済的暴利をむさぼったかもしれない。小作の息子としての戦前の生活を思えば、夢のような毎日だったかもしれない。

その後に宅地ブームがくる。彼が地主として金を儲けたものの、小学校しか出なかったために、その金の使い道がない。それで韓国への女遊びということになる。やっていることは評価できないにしても、そういった楽しみに金を使えるようになったことを、私は祝福したい。世が世ならば、麦飯と白菜の漬け物、ネギの味噌汁で食事をせねばならないような家庭の子だったのだから。

私はその後、東京のサラリーマン地帯に転校して、ここは前にも書いたが、受験秀才が集まっていた。

すでに経歴を書いた同級の受験秀才以外の例を書いてみる。

一流大学出はなぜか定年前後に亡くなる

東京工大出の男は、消防庁の研究所に勤めていて、友人に会うと、

「いいか、オレに火事の消し方なんか聞くなよ。オレの専門はどうしたら火事になるか、つまり火付けが得意なんだからな」

と言って笑わせていたが、消防庁を定年でやめて、第二の勤めは電気器具会社の防災関係の仕事であった。

今の商船大学を出た男は海の仕事を嫌い、入港して船倉が空になる船に、貨物を紹介する会社に勤めた。やがて船で運んできた貨物を売買する仕事を、自立して営業するようになったが、先年亡くなった。

一卵性双生児の双子がいたが、彼らは大学まで一緒だった上に、就職先も同じで、JR関係の工事会社で働いていた。

戦時中は徴兵逃れのために、理系の専門学校に入ったものの、戦後、早稲田の文系に転

学した男はデパートに入った。

中学は一応の進学校で、同期の二百五十名ほどの中から、東大に三、四十人は入ったであろうが、中学卒業後の半世紀ほどの名簿を見ると、大学の名誉教授が数名。大企業や百貨店の役員が三、四人。弁護士を含めた自営の経営者が数名。開業医が数名。後の者は職業欄は空白になっているが、いずれ会社などを定年退職したのであろう。

旧制高校になると、全員が東大、京大だから、大学を出ると、法学部、経済学部出身のほとんどは一流企業に入った。しかし、中年から初老にかけて、つまり定年前後に亡くなった者がかなりいる。それだけに、経済成長期の会社の仕事が厳しいものがあったのだろうか。生き残った者は、誰もが一応の肩書を持っている。経済学部を出た者の中で、大学教授の道に進んだものが一人いる。

文学部出は数名だが、ほとんど大学教授、一人高校の校長になったのがいる。例外が一人いて、前にも書いたが、一家を養うためにヤクザまがいの仕事からはじめ、自営業者になり、やがてマンションの建設と運営をするようになって、クラス一の金持ちになったのである。

後は作家が二名。

大学は前にも書いたが、一緒に卒業した七名のうち、大学教授と研究職が大半で、会社の重役になったのが二名。

こういうことを書くと、だから一流大学に進学しようとするのは当然、ということになるだろうが、当時と今とは大学進学する者の家庭環境が違っていた。

私の家は、経済力はないくせに、文化的な職業以外は考えられなくて、住いは借家のくせに、姉は早稲田の文学部、私は東大の文学部という家である。しかし一般の家庭なら学歴はともかく、職業としては工業、経済界、法律家を含めた公務員、医科などの資格を要する職能を、子供に期待することであろう。

私たちの世代で大学にまで行けるのは、かなり恵まれた家庭の子弟であった。例えば制度としても、女子を大学に入れたのは東北大学と今の筑波大学、それと私立では早稲田大学くらいだった。

入試が難しかったのは旧制の高校。戦争時代、陸軍将校を養成する陸軍士官学校は難関だった、という錯覚があるが、私たちの世代では、体が丈夫なら、成績のかなり悪い者でも入学できた。

高校の中でも、特に難関の一高などになると、余程の秀才以外は敬遠するから、競争率は数倍。それほど難関とは思われないところは、ヒョットすると、オレだって、という分子が受験するから、願書を出すのが募集人員の十数倍、彼らは受験先に自信がなくて、数校に願書を出すから、願書での競争率は高いが、実際の受験生でいえば、競争率は十倍を欠く程度。

安岡も遠藤も三年浪人組、例外は阿川弘之だけ

だから浪人といえば、高校入学浪人が普通だった。私と年の近い文士でいえば、安岡正太郎も遠藤周作も浪人三年ほどで慶応の文学部予科に入ったのではないだろうか。彼らの質が悪かったのではない。彼らは文士になるだけあって、理系の科目が弱かった。高校は文科でも受験科目に数学や理科がある。数学に強い文科生は経済学や社会学を専攻して、統計などを使うことになると、数学の能力がモノをいうだろうが、普通の文系では理数系の知識は、まず必要はない。

第三の新人といわれる作家の中で、入試に理系の科目のある旧制高校を出た者が、比較的少ないのは当然である。例外は阿川弘之。彼は少年時代、秀才だっただろう、と思わせる面がある。当時広島にあった中等学校教員を養成する学校、広島高等師範の付属の中学

校で、そこから飛び級で高校に入った。

吉行淳之介は、だらしない文士の家庭に育ったが、当時は最難関であった府立一中、今の日比谷高校の落ちこぼれを引き受けていた麻布中学に入り、そこの級長をしていた。彼がダメ学生になったのは、旧制の静岡高校に入ってからである。ここも旧制高校としては難関の部類であった。

安岡と遠藤のことはすでに書いたが、その他の島尾敏雄、庄野潤三は、共に九州大学出だが、彼らは入試に理系の科目のない、国立でも外国語学校や、高等商業学校出で、東大や京大は旧制高校優先だから、九大に入ったのである。

作家はみな劣等生上がり

私の知っている限りでは文士は概《おおむ》ね、劣等生上がりがなる世界である。

東大関係でいえば、漱石、芥川あたりまではまず秀才であろう。漱石は選ばれて、英国に留学し、帰国の後、今の東大の教養学部を教え、そしてやがて専門分野の教師になる。芥川も卒業して、帝国海軍の技術士官を養成する学校の教官になる。学生も秀才揃いで、年齢も教官の芥川と幾つも違わない。

それが川端康成などになると、あまり秀才とは言えない。卒業してすぐにその作品を認められて文壇に出たのだが、当時の秀才はやはり大学院に進むとか、有力な国立の高等教育機関の教員になるのが普通であった。

もっとも、そういう連中が、文学的にすぐれていたか、というと疑問ではある。阪田と私は高校の国語の教授を軽蔑していた。

だから昭和のはじめころになると、大学の成績と文学的資質は別物、という認識が定着したが、文士という職業は世間的に決して、信頼されるものではなかった。

私の父は文士になり損ねて編集者をしていたが、職業上の必要というよりも、若いころからの友人として、しばしば作家が、家に遊びに来た。私は追い払われないかぎり、縁側などで庭を見ているふりをして、彼らの雑談を聞いていたが、ある時、一応の文士がこんなことを言ったのを覚えている。

「いいな、君は編集長というと、一応の会社に勤務している、と家主がみてくれるだろ。だから家を借りるのも簡単なんだ。オレなんか、小説書いています、と言ったら、もう、家なんか貸してくれない」

また当時は、普通の家では娘が文学志望の若者と結婚したい、と言えば反対したであろう。たとえ、一応の定職があっても、こんな若者は、何をしでかすか判らない、という目で彼を眺める。

私の周囲で言えば、阿川弘之は、その卒業論文のテーマを聞いただけで、あ、こいつはドンケツだな、と思った。彼は文学科の卒業論文のテーマとしては、文学研究の枠の外をテーマにしていたのである。

吉行淳之介は、学費未納による中退、ということになっている。しかし、彼は期限の切れた東大の学生証をもっていた。卒業論文にはローレンス・スターンをやろうと思っていたと、書きかけの論文の草稿を見せてくれたこともある。

スターンは十八世紀の小説家だが、筋のない小説を最初に書いた人であり、それが二十世紀の「意識の流れ」を書く小説に影響を及ぼしたと言われるし、スターンは人妻との恋愛、不倫などをして、そのことを作品にもしている。女性とよく問題を起こしていた吉行がスターンを卒業論文のテーマに選んだのは理解できるし、今となっては彼のスターンについての論文を完成しておいてくれていたら、と残念に思っている。

吉行には卒業の意志はあったし、私たちが在学していたのは、敗戦直後のインフレ時代で、学費など問題にならないほど安かった。大学もそういう社会状況を知っていて、学生がろくに大学に来なくとも、形式さえ整えれば、卒業させてくれた。だから吉行が結局、大学を出なかったのについては、学生生活になじめないものを感じた、という面もあったに違いない、と私は思っている。

要するに大学には文学を研究する学科はあるのに、文学教育をする態勢はできていないのだ。文学をやろうとする者には、大学の授業からは、学ぶものはほとんどない。文学の作者になるためには、先人の作品、そして、文学者志望の友人や先輩との交流以外には道はない。

以上を要約すると、文学作品を書くのは劣等生。その良さ悪さを論文で明らかにするのが、後輩の優等生、ということになる。太宰治は今でも国文学を専攻する学生の間にファンが多いが、私が在学した当時の仏文の教授の辰野隆教授は、太宰が如何にダメ学生だったかを、授業中に雑談風に話されたことがあった。

文学科で文学作法を教えてくれないのは、経済学部に行っても、金儲けの秘伝など教えてくれないのと、同じかもしれない。経済学部の教授が、経済的に恵まれていない、といったことも大いにありうるのである。

私などは過去を考えて、文士になるための修行というものを考えると、先輩などいなかった。信頼できる友人たちがいて、一緒に同人雑誌を作り、そこに出す作品について、互いに遠慮のない感想を述べ、時には論争になった。そのようなことを通じて、自分の資質を見つけた者、あるいはその時代が求める雰囲気を身につけている人たちが、文学作家として世に出ていったように思う。

魅力ある人間を受験教育が吸い取る

このようにして考えると、創作者になるための教育の主体はあくまでも自分にある。いや創作者にかぎらない。おそらく研究者になるのも、その主体は自分である。

それはまた学校を出て、生活のために働くことになっても、やはりその主体は自分であろう。上役がいて、顎で使われていても、そこに自我があって、よい下役になるか、悪い下役にしかなれないかは、その職場で自分を如何に教育するか、にかかっていよう。

このように考えてみると、教育というものは、家庭教育からはじまって、学校教育も、社会に入ってからの職業的教育も、教育の主体は、あくまでも教育の対象となる「人間」である。

従って、問題は一人ひとりの個人が、自分の個性を伸ばし、家庭や社会の中で、適応してゆく道を見つけることである。ところが周囲も、シツケ、学校教育などでかなり積極的に面倒を見てくれはするが、しばしば被教育者の人格に過度に干渉する。教育の根幹にあるのは、教育を受ける当人であることを、改めてここに主張しておきたい。

同じ母親から同じシツケを受けても、ある子は従順な子に育ち、ある子は反抗的、とまでは言わないにしても、自我の強い子になったとしても、それは母親の責任ではなく、その子の個性と、シツケを受けた時の環境が重要である。同じシツケを受けた兄がいる場合は、弟としては、母親のいない場所でも、先輩である兄に順応せねばならない。

その結果、彼が従順な子になったとしても、その心の底には、強烈な反抗心、独立心が芽ばえているかもしれない。また反抗的な弟になっても、その底には、泣きだすかわりに反抗しているので、切ない悲しみが動機になっていることも考えられる。

だから同じ教育を受けても、さまざまな人間が育つ可能性がある。従って、今のように一流大学に入れさえすれば、将来は保障されるという常識を疑うべきであろう。むしろ、そのような気風の中で受験勉強に励むことのできるタイプ自体、人間として、魅力のある存在だろうか。

彼らは色々な面で役に立ちはするが、魅力のない人柄になりそうな気がする。少なくとも友人、あるいは恋人として、魅力的存在ではなさそうである。

高校時代、受験勉強ではなく、スポーツに励んだり、読書好きだったりする生徒が、二流の大学に進学したり、あるいは高校を出てすぐに就職した場合も、彼らの個性は評価すべきものになるかもしれない。

自分はどうせ大学は行かれない。それならせめて趣味の細工物作りに精を出そう、といった者と、受験秀才が同じ職場にいるとしよう。一流大学出は恐らく上の地位にいようが、細工師としての彼なりの見識を持っていれば、上役におびえることはあるまい。

一流大学出が上役の論理が通らない局面が来ると、それなりにあれこれ考えもするし、同僚たちと酒を飲んで不平不満をぶちあけるという形で、策を練ることもあろう。

しかし細工師には迷いがない。頼るのは自分の能力だけだからだ。現在の組織が評価してくれないなら、あるいは自分の能力を生かせずに壊滅したら、自分を評価してくれる別の組織に移るだけのことだ。

ある職場には一流大学出、というか、そういうオーソドックスな見方のできる人間は絶対に必要ではあるが、時代と環境は変わる。ある時代の正当性は五年後には新しい観点が必要となるかもしれない。要するに一流大学出は万能ではないのである。

しかし一人の優れた陶工の作品は時代が変わっても、高く評価される。

先進国からの外国人を京都などの日本料亭に招待すると、驚くのは、食器のデザインと色彩の多様さである。確かに西洋の食器は白色で丸く、最小限の飾り――紺色の枠など――がついているにすぎない。その点では中国も朝鮮半島も同じである。

6 学歴ゼロの人生でわかること

学歴のいる人間、不用な人間

私は一九二六年の生まれだが、私たちの世代、一九二〇年代の前半に生れた者で中等教育を受けた者は二割程度ということになっている。しかし私の卒業した小学校は東京の西に発達した住宅地、サラリーマン地帯であったから、進学率は高かった。七割程度が中等学校に進んだ。

小学校の成績や家庭の経済力は、個々の生徒の、その後の学歴にほぼ比例していたが、意外なケースもあった。

服装もよくケンカも強く、クラスでは親分の一人であった子は進学しなかった。彼がその後、どういう人生を送ったか、卒業以後は全く接触がなく、何の情報も持たない。

成績の悪いほうでは人後に落ちない?子だったのに、一流大学の文学部に入った子もいる。彼は確か中学か高校の教員になったはずである。

三百坪、今でいえば千平米もの敷地に、広い家屋を建てて、そこに住んでいたYという子がいた。彼はごく普通に大学コースに進むものと思ったのに、五年制の実業学校を出て実社会に入った。

後年、私が大学を出て、社会人になり、仕事の必要上から神田の本屋街を歩いていて、突如、Yに声をかけられた。Yは小学校の同級で、邸宅といえる家に住んでいたから、当然、大学へのコースを進むと思ったのに、どちらかと言うと貧しい家の子の行く学校に入った。その時は小学校卒業以来の出会いだったから、近くの喫茶店で、コーヒーを飲みながら、その後の身の上を語りあった。彼の家は洋服生地の問屋で、彼は跡取り息子だったから、自家の店で働いているという。

店が近いからと案内されたが、カビや害虫よけに、生地に振りかけてあるのか、消毒薬のような香りのただよう店だったが、中々繁盛している模様だった。つまり彼は大学など卒業して、面倒な就職試験を受ける必要はなかったのだ。最低限の一般教養、英語や代数幾何の初歩と、商業簿記の知識などを身につけて、十代のころから店で働くことを期待されていたのであった。

「だけどな、戦争中は商売はできないし、工場に動員されるとかいうので、大学の専門部には行ったけど。でもなあ、結局は工場で働かされたから同じかな」

と彼は言っていた。

神田も西のほうは学校や私立大学が多く、そのために本屋が集中していた。因みに一橋大学は皇居の北にあった東京高等商業学校がその前身なので、一橋の名前を残しているが、この高等商業学校時代の本館は、岩波書店が社屋として、戦後まで使っていた。

神田の商店街も京浜東北線や山手線などに近づくと、学生のための制服や、新卒の社会人向けの背広などを仕立てる関係か、服飾関係の店が多かった。Yの店はその種の店の一つであり、私が本屋を回って、もう書籍関係の店がなくなろうというあたりを歩いていたから、その付近を職場とするYと出会った、ということらしい。

Kという小学校の同級生も小学校を出て、すぐに社会人になった。彼は三鷹の飛行機工場で働いていたが、どうやら勤務は朝の八時かららしい。私たちの中学も八時に朝礼がはじまるので、私は中学三年のころ、通学の際に、Kと同じ電車になることがあった。

当時は少年工という言葉があって、ちょっとした花形だった。戦後で言えば、半導体ブームがはじまろうとする時代に、まだ手作業が中心だったので、「トランジスター娘」という言葉が流行った。しかし彼女らの仕事のかなりの部分は、近年では産業用ロボットが代行する時代である。

とにかく日本の戦前と戦後に共通なのは、第二次産業が急速に発達して、そこでの新しい労力は、一種の時代のシンボル扱いをうけてきた。

Kは私のように中学に進学した者への劣等感の裏返しかもしれないが、私の顔を見るなり、女遊びの楽しさを語った。

当時、少年工といえども、その収入は、妻子を養う大人並みの金額だったというから、Kなどは月給で、大人の遊びも楽しめたのだろう。私はそれを聞いて羨ましいような、恐ろしいような気持ちだった。

勿論、中学生の年齢の少年が女買いに行けるわけがない。第一、中学生に女を世話したりすれば警察沙汰になるから、私たちは娼婦に近づくツテがない。Kの場合は職場の関係で、私娼のいる施設につながりがあって、非合法的な遊びができたのかもしれない。あるいは彼の劣等感が産んだ、全くのウソだったのだろうか。

やがて彼の職場が変わったのか、私は通学の時に彼と会うことはなくなったし、その後の彼の消息は知らない。しかし彼のように、十二歳のころから現場で働いていた者は、戦後の経済成長の時代にも、貴重な技術の積み重ねを経験したベテランとして、職場で重要視されて、工員の管理職として、定年を迎えたに違いない、と私は信じている。

学歴無用論を証明した男

非進学者の中で、六十歳を過ぎるまで、接触があったのはTである。

Tは優れた少年だった。小学校の五年になると、学校の授業は中学の入試科目である国語と算数――もっとも当時は算数という科目はなく、算術と言っていた――だけになってしまった。

六年になった春、Tは授業、といっても算数の問題を全員で解いている時だったが、挙手して先生に質問した。

「ボクは小学校を卒業すると、働くことになっています。それなのに、理科も歴史も地理もやらないで、卒業したら、困ったことにならないでしょうか」

これは正論だから、私たちの担任の先生も教壇で立ち往生してしまった。しかし困惑した先生の態度を見て、Tはまた立ち上がって言った。

「いや、みんなが中学入試の勉強をしているんですから、ボクもそれをやります。算数と国語の力をつけておけば、その他の科目は、家で教科書を読んで、内容を身につけようと思います」

彼は小学校を出ると、今の証券会社、当時は俗に株屋といった企業に勤めた。自分の店に来た客の注文を、上役が正式なメモにしたものを持って、証券取引場にいる店の上役に渡し、その結果をまたメモにしてもらって店に帰る、という仕事である。

Yの場合と同じく、Tの職場も戦争が激しくなると無くなってしまい、彼は軍が中国大陸で軍用機で写してきた航空写真をもとに、中国の地図を作る会社で働かされた。

敗戦後も、普通に仕事をしていたが、次第に欠勤する者が増えていったという。八月の末のある日、Tが出勤すると、突如、工場の前庭に、ジープと言われた、米軍の小型軍用車が数台乗りつけてきた。しかも先頭の車には、大型の機関銃が備えつけてある。

米軍の兵士が武装したまま、車から跳びおりて、工場の中に入ってくる。気がつくと、Tは彼らのカービン銃で囲まれていた。その日は丁度、米軍が東京にまで進出する日で、彼らはその工場の場所も目的も知っており、あるいは警備装置があるかと予想して、武装部隊を派遣したものであろう。

米兵に捕まったのはTだけだった。他の者はうまく逃げてしまっていた。米兵の言う英語は、Tには一言も判らないながら、どうやら、この工場のありかたに興味があるらしいので、Tはまず航空写真を見せた。その段階で米兵は銃を下ろした。米軍にとっても、日本軍と同じ程度に、中国の地図が欲しかったのであろう。

Tは米兵を案内して、写真から地図を作る過程を実施して見せた。

「オレがやっていたのは、その工程のごく一部だから、全過程をやってみせるのは大変だったが、とにかく一応はやってみせた。夏のことではあり、一通り案内したら、汗で体中グッショリさ」

と彼は私に語った。米兵はそこでボール紙の箱のようなものを取り出した。それをTにも一つくれた。米兵が箱を開けたところを見ると、それは弁当であった。クッキー。指で開けられる缶詰、食後のためであろう、チョコレート。タバコも三本入っていた。

米兵と一緒にそれを食い終ると、彼らはTにもう一箱、弁当をくれ、工場とTと暦を順に指さす。彼らが指す暦を見ると、翌日の日の数字である。どうやら、彼に明日もやってこい、と言っている様子だった。

もう米兵は怖くない。それに貴重な弁当もくれる。それまで戦争の末期になると、ほとんど餓死しそうな程度の食料しか日本政府は国民に配給していなかったから、弁当をくれるだけでも有り難い。Tは首を何度も縦に振った。そのジェスチュアは、米兵にも理解できたらしい。首を縦にふれば承知、というのはアメリカでも同じかな、とTは感じたという。それが彼が知った最初の英語、いや言葉ではないにしても、米兵との意志の疎通、コミュニケイションだった。

弁当ほしさに、翌日も工場に行った。Tとて工場のあらゆる過程を知っているわけではないが、見よう見まねということがあるが、地図を製造する過程はある程度判っていた。それで米兵の前で何度も実演してみせた。

しかし彼らにとっては、日本軍が作った中国の地図よりも、地図を作るために撮影した航空写真に興味があったらしい。そしてその工場は彼らにすれば、不満足なものらしく、一月ほどして、彼はジープで立川の米軍の航空隊に連れて行かれた。その頃になると、彼も片言の英語が判るようになっていたが、どうやらその航空写真を扱っていたのは航空隊で、その工場を引きあげるについて、Tを部隊の雑用係にしてくれる、ということらしかった。

彼は米軍のオフィスの掃除係にされることになった模様であった。衛兵のいる門を通過するパスも与えられた。

ここは元の日本の航空隊の司令部か何かだったらしく、備品というか掃除道具はすべて日本製である。どうやらTの役割は、それらの道具を使って、部屋の中、廊下などを清掃する役回りらしかった。

義務教育六年だけで成功する人生

そうなってからはTの英語力は急速に発達した。ナントカ中尉のところに、この書類を持ってゆけ、といったことからはじまって、次第に雑用の範囲が増えてくる。彼は航空隊のパーティの世話係を任されるようになるころには、もう通訳として一人前だった。

そうなると、米軍に物を売り、その代わりに米軍のタバコなどを手に入れたい、という日本人の商人がTに寄りついてくる。米軍もTを仲立ちにアメリカタバコ十箱入った包みで、女と一晩、遊べるのが安直でよかったのであろう。

勿論、そんなことを米軍が正式に認可しているわけではない。それだからこそ、一応は雑用係であるTになら、非合法的なことをさせるのに便利だったのだろう。Tは米軍の雑用係か、タバコや缶詰で女を米兵に世話するゼゲンか、出入りの商人の口ききか分からない状態になった。

Tは昭和二十五年（一九五〇年）にはじまった朝鮮戦争のころには、アメリカの冷蔵庫やエアコンの機械を日本の商人たちに仲介する仕事をやっていた。副業として当時はオンリさんと呼ばれた、米軍将校の日本人のオメカケさんのために、洋風ではあるが、壁などはベニヤ板ばりのバラックの家を世話することも収入源であった。

朝鮮戦争時代になると、上野にアメ横と呼ばれる、非合法商人の商店街が、山手線が走る高架の下にできて、そこにゆけば、当時貴重だった米国産のタバコや食料品が手に入るようになった。ここは今では食べる飴のアメ、つまり菓子屋が集まっているからアメ屋横町と呼ばれたのだと、思う人もいよう。私の記憶では、ここではアメリカ兵から非合法的に手にいれた、タバコなどのアメリカ製品を売ってくれる商人が現れて、アメリカ物を買う横丁というので、アメ横と言ったような気がする。講和条約以前は日米の間には、正式の貿易は無かったから、事実上、日本の商人がアメリカの物を売買すること自体が、犯罪だったのである。

当時はアメリカを中心とする自由主義諸国と、ソ連を中心とする社会主義諸国との間に「冷たい戦争」というものがあって、互いに勢力範囲を拡げようとしていた。

アメリカ軍に占領されていた日本は、サンフランシスコ条約で、自由主義諸国と講和することになった。日本の左翼はこれに反対で、ソ連など社会主義諸国とも、同時に講和すべきだと言って、それを「全面講和」と称し、アメリカを中心とする自由主義圏のみとの講和を「単独講和」と呼んで、猛烈な反対をした。しかし冷戦下の世界で、「全面講和」など夢のまた夢であった。

しかしその「単独講和」以後、日本は朝鮮で戦う自由主義諸国の後方基地として、有効に機能して、これから戦後の復興は急速に早まってきた。

しかしTは言うのである。

「日本はサンフランシスコ条約ができ、朝鮮半島での戦闘が一服状態になった、昭和三十年（一九五五年）くらいになると、米軍は何というか、迫力がなくなってきてね。もう潮時だと思って、米軍をやめた」

米軍に勤めていたころから、Tはアメリカの雑誌や、そこにあるデザインを見て、それなりの当世風の造形感覚を身につけた。彼は昔の印刷の仕事を思いだして、美術印刷の会社を作ることにした。

彼は米軍勤務時代に、アメリカの状況を感じとって、これからは広告の時代だと思っていた。そこで海近くの倉庫番か何かのためであろう小屋を利用して、そこに美術印刷というと聞こえはよいが、ビラや新聞の折りこみ広告の類を印刷する工場を作った。

当初は、通訳をやって稼いだ金や、米軍勤務時代に知り合った商人たちからの借金で買った印刷機械だったが、日本社会にテレビなども普及してマスコミ時代になると、ポスターや折り込み広告の類の注文が増えた。借金を返し、貸主の中で彼の仕事に関心を持ってくれた人たちに働きかけて、彼の工場を株式会社に仕立てた。

〇〇美術印刷株式会社という名前だった。美術と名前がついていても、芸術的な美術品を印刷するわけではない。活版印刷——活字を使った、普通の書籍などの印刷——ではなくて、写真や造型的なデザインを含む、宣伝用の印刷物である。

それには彼が少年時代に証券会社に勤めていた時の資本や企業についての知識が役立った。また地図工場の体験もよかった。そして彼が還暦、つまり六十歳を越えるころには、彼の持ち株を資産の核心として、一応の金持ちになった。

そこで会社を大きくして、一層の金持ちになろうというのなら、ごく普通の企業家のあり方であるが、Tは持ち株を、いっしょに仕事をしてきた仲間の役員や会社に売り払って、財産を現金に替えた。

そしてダンスを通して知り合った妻と、ダンスを楽しむことにしたのである。自分の家で妻とダンスを楽しむのは勿論だが、ジャの道はヘビというが、私などは知らないが、世間には結構、ダンスパーティなどがあるらしくて、Tはそういったところで、他の同好の人々とダンスを楽しんだ。

ダンスは老人の健康にも良いのだそうである。彼は老いてますます盛ん。生活費の心配はないので、ダンスを生き甲斐に老境を過ごした。

彼などは、学校教育は義務教育の六年だけでしかないが、その後の生活のために、社会で身につけたことの全てが、彼の人生を作ってゆくのに役立った。社会が彼の学校だったといってよい。そしてその中から趣味として育てたダンスを、晩年の生き甲斐にした。しかも子供が育って、夫婦だけの生活だから、小さなマンションで、三度の食事も、掃除洗濯も、二人で支えあってやっていた。

私はTの生涯は、決して有名人になったわけではないし、また大財産を作りもしなかったが、やはり成功した人生だと思う。社会活動といえども、人の教育と勉学の場となりうるのだ。

学歴至上主義の男の末路

その逆の例をあげたい。前にちょっと触れた、受験生活失敗者というべき同級生である。Bは小学校の同級生だったが、何時も優等生のグループにいた。彼の母親が息子の教育に熱心で、これはと目をつけた優等生に、

「ウチの子と遊んでやってね」

と頼みこむ。優等生というのは、そういう大人の言葉に従順である。Bは態度も優等生的だったし、字も上手かった。私など優等生グループのメンバーではあったが、美術とか習字の科目は劣等生である。それだけに、私はBが優等生の一人であることを、全く疑わなかった。

彼の父親の勤め先も聞いていた。日本人なら誰もが知っている組織であった。もっとも子供のことだから、職名は知らなかったし、関心も無かった。しかし色々と考えるに、かなり下級の職員だったのであろう。

彼の家はバス通りに面していて、かつてはタバコ屋をやっていた形跡があった。そこは商店にもなりうる家で、十数メートルの間口のガラス戸を開けるとコンクリートの土間で、その先は障子だった。その奥は畳の部屋。ある時代には、そのコンクリートの土間と畳の

間にショーケースなどを置いて、商売をしていたのかもしれない。

彼は受験勉強に熱心で、読む雑誌も小学館の「小学○年生」といったものである。これは別に学習雑誌ではないが、それでも、その学年の子供のために、間接的に学校教育の参考になるような記事や企画を載せていた。

当然、彼は競争率が三倍程度の公立中学の入試に合格すると、私は思っていたのだが、彼は公立中学の試験に落ちた。そればかりでなく、スベリ止めの、二流校、三流校の入試にも落ちた。

結局、彼はあまり名の知られていない中学に無試験で入った。

私の家はその後、転居したので、交通手段として使用する駅は変わらなかったが、Bと会う機会はなくなった。

しかし旧制高校の入試の段階で、私は受験勉強には不熱心ではあったが、それでも一応は参考書をのぞいてみようかと、駅前の書店で、「チャート式幾何学」や「岩切の代数」など、数学の受験参考書を見ている時に、不意に声をかけられた。Bであった。本屋を出て歩きながら話し合ったところでは、彼は当時の東京商科大学、今の一橋大学を受けると言う。

「オレ、中学の入試に失敗してるだろ。それでな、学校の授業は第二にして、学習塾を中心に勉強してるんだ」

彼は真面目に言う。しかし結局、彼は東京商大の予科や専門部に落ちただけでなく、有力私大の予科や専門部も受からなかった。中学の入試の時と同じであった。そして二年ほど浪人したあげくに、古くはあるが、無試験同然の商科の高等専門学校に入った。

そのころになると、戦争も激しく、私も地方の高校に入ったり、勤労動員などで、Bと接触することもなかったが、戦後の駅前のヤミ市――当時、空襲で生活用具や衣類を失った人が多かったから、駅前の焼け跡にそういう雑貨を売る店ができたし、政府が配給する食料は不足気味だったから、非合法的にこれらを手に入れる、露天の群れをヤミ市と言った――で、Bの姉に声をかけられた。結婚して別のところに住んでいるのだが、今日はたまたま、実家に行って帰りだという。それで私はBの消息を彼女にたずねた。

「死んじゃったの。可哀そうに」

「戦死？　空襲か何かで？」

と私が聞くと、彼女は首を振って、

「結核。受験勉強のしすぎで、肺病になっちゃったの」

私は現実のBがどの程度に勉強していたのかは知らない。勉強しているのは、ポーズだけだったのかもしれない。しかし、彼は自分の資質に合わないこと、つまり、進学にこだわりすぎたのではないだろうか。

Bは教育の場は学校にかぎらないことに、最後まで気付かなかったのであろう。人それぞれの置かれた場所で、環境に適応するように励めば、環境が彼を教育してくれるのに、彼の家庭は学校教育にこだわった。

Bの不遇というより仕方のない人生を考えると、同じ同級生なのに、環境から学んで自分を育てた、Tが思いだされる。

そして学校、殊に一流大学をトップにピラミッド型に作られた学校の序列に、私は反感を持たざるを得ない。

7 エジソンもアインシュタインもダテに悪い成績ではない

失敗が確かに新発見を生む

私が中学に入ったころは、一年生だけの工作の時間というのがあって、大工道具や工作器具を買わされた。

その授業で、物を置く台を作らされた。厚さ一・五センチほどの四角い板を渡される。その四隅を三角形の形になるよう切り落とす。変形ではあるが、八辺形ができる。その板も切り落とした三角形の切れ端も、チョコレート色に染色する。

変形八角形に彫刻刀で絵を彫る。私のような能無しは、富士山を彫って、その手前の空間が海であることを表す「へ」の字型を幾つか彫る。波のつもりである。そして陸と海の境になる横の線を彫る。その全てを直線の四角で囲む。

ここまでは私のような者でも、何とか特に不出来が目立たないようにできた。しかしその次が問題であった。先に切り落とした三角の切れ端の長い辺を板の裏に接着して、四つの脚にする。

私は最初に三角形を切り落とす時に、一応は寸法は合わせたつもりだったが、不器用なもので、四つの三角片は大きさに違いがあった。それを四つの脚にすると、最初の板がたとえば花瓶などの台になりうるものだが、器用な同級生が作ったものは、キチンとした台になるのに、私の場合はガタガタして、脚をどのような場所に置き換えてもうまく安定しない。

私同様に、ガタガタする脚になった男は、ヤスリで調整して、三角の脚を何とか、同じ高さにすることができた。私の場合、そんなことをすると、それらがまた別な形で歪んでしまい。脚にするとやはりガタガタする。

私はいろいろ考えた。

「そうだ、脚を四つにするからいけない。三つにすればいい」

一番大きい脚を富士山の頂上の裏あたりに持ってゆき、二番目と三番目を、手前の波が消えるあたりの裏に左右に並べる。それなら多少、一番長い脚と二番に長い脚を結ぶ線が高くなり、一番低い脚が最低ということで、台の表面は多少傾くが、とにかくガタガタしない台ができる。

その段階では、代数や幾何を学ぶための、基本的な数学、いわば、小学校の算数の総仕上げに、代数と幾何とつなげるような、数学一般といったものを習っていたが、幾何でやたらに三角形を問題にする理由が判った。

要するに三角形が一番、基本的な平面なのだ。他の多辺形は幾つかの三角形に分けることができる。それで直線でできる図形を問題にするかぎり、数学でも三角形の性格を明確にすれば、多辺形の問題も解決するのだ、と悟った。

その工作は教師は、チョット妙な顔をしたから、

「脚が四つだとガタガタするもので」

と言い訳すると、首はひねったものの、

「ま、いいだろ」

と受け取ってくれた。

工作の点は惨憺たるものだったが、そのお蔭で、二年になって幾何を習う時に、点が移動して線となり、線が移動して面を作る、という幾何の基礎が良く理解できた。直線で作る面に関するかぎり、三角形が面を作る最低の条件なので、二角形というのはありえない

し、四辺形も、いくつもの三角形に分けることができる、ということを知った。幾何が怖くなくなった。

怪筆を職業にした皮肉な人生

工作がダメなくらいだから、私は字はとても人前に出せるものではない。習字も中学では一年生の時だけだった。その最後の授業は、大きな紙を与えられて、乃木希典《まれすけ》大将の有名な漢詩、『山河草木転荒涼……』というのを書くのだが、習字の先生は私には、

「紙は大きいが、七言絶句を書くのは、君には無理だから、好きな字を書け」

と言う。そういわれると、こちらも意地である。教師がケナし憎いような文言をかいてやろうと思った。それで書いたのが『嗚呼忠臣楠氏之墓』という八文字であった。紙の形が墓石の表をやや広くした形だった。教師は私の字を見て、

「それにしても墓碑名とはなあ」

と感心してくれた。

そのように、字のヘタクソな私が文字を書いて、それを売って生活の資を得るようになるとは皮肉なものである。しかし字が下手であったから、同業者仲間では比較的早く、コ

ンピューターに接触するようになった。

とにかく私の字は形が体《たい》を成さず、先年、無くなった荻昌弘という映画評論家は、私の字は悪筆というより怪筆というべきだ、とどこかに書いていた。妻のいない時に、彼女にかかってきた電話の用向きを、私がメモしたものを、私自身が読めなくなるのだから、怪筆というよりも、もはや文字としての体を成していないのかもしれない。

かつては文筆業者の原稿は、印刷してしまうと、出版社が適当に処分していた。しかし好事家《こうずか》という存在があり、書店でも有名作家の署名と題名のある原稿を、広告用に店頭などに飾るようになったからだろう、原稿が筆者の許《もと》に返されるようになった。

ある時、返ってきた原稿を見ると、そこには赤ペンで、私の原稿の上にその通りの、しかしずっと読みやすい字が、書きこんであった。つまり私の字は編集者が解読するのがやっとで、印刷所の工員には読めないのだ。それで編集者が、私の原稿の全てを赤で書き直している。私は編集者と印刷所の工員に多大な迷惑をかけていたのだ。

それで今のパソコン――当時の言い方ではワードプロセサー、略してワープロ――が市販されるようになると、かなり高価ではあったが、早速、買い求めて、それで原稿を書くようにした。これなら編集者にも印刷工員にも迷惑をかけない。今から三十五年前だった。それまで電子計算機は、官庁や企業など、大きな組織の中で採用されて、伝票や帳簿を作るのに利用されていた。今やコンピューター（計算機）という言葉が似つかわしくないくらい、多機能の機械になっているが、当初は文字通り計算機だった。

最初の電子的計算機はカシオだっただろうか、英文タイプライターくらいの大きさだった。値段も高かった。しかし、私たち夫婦は大して計算の必要もない生活なのに、これを購入した。近い将来、この種の機械は広い市場を対象とした、さまざまな道具に発展するに違いない、と直感したからである。

私のワープロもさまざまの機能を内在していて、ちょっと手を加えるだけで、新しい働きができた。機械は人間より学習能力が優れているのである。

このように、人間の欠点は、時によると新しい分野を開発する結果にもなりうる。私は工作が下手だったために、幾何の基礎理念を肌で納得することができた。また字が下手であったために、コンピューターの世界に、多くの人より早く接することができた。

妻の曽野綾子は、他人さまはどう見るかしらないが、あれで、なかなか女らしい、というか、外出する前はアレがない、コレはいらない、といったことで、準備が大変である。それでやっと車で出たと思うと、必ず忘れたことがあって、家に電話して、ナントカさんに連絡して、しかじかのことを伝えてくれ、などと言ってくる。

かつては車の中で用件を思いだして、それを家に伝えるために、公衆電話を探すのが大変だったらしいが、携帯電話ができると、早速手にいれた。当初は人間の腕ほどもありそうな、普通の電話機の三倍ほどの、巨大な機械だったが、みるみるうちに小型になったのみならず、車に取り付けることができるようになった。

その発展の結果がスマホ——スマート・フォン——であることは周知のことであるが、今だに音を現すフォンという部分が残っているのが、いじらしい感じさえする。

期待を裏切ることから始めよう

すべての子は私たちのように、教育されてゆく。つまり狭い意味で教育が教える側の期待通りになるのではなく、むしろ、その期待を裏切る結果になることが多いのだが、そこに教育される側にとっても、新しい成長の可能性が見えてくる。エジソンもアインシュタインも、ダテに悪い成績を取っていたわけではない。

むしろ可能性としては、教える側の期待にそむいた結果なった者に、より大きな可能性が期待できる、というものではないだろうか。だから親も教師も、子供を教えても思うような結果が得られないといって、失望することはない。教育した効果はそれなりにあった、と期待したほうがよいであろう。

私は一クラスの人数が少ないのがよい、といった風潮には反対である。寧《むし》ろ、多いのもそれなりの長所がある。つまりある個人が自分の特殊性を、多くの他人と同じ体験をさせられることで、発見しやすくなる。たとえば教師によって、個々の生徒に個人授業をすれば、教師はその子の個性を見て、彼向きの教え方をする結果になるだろう。それでは社会に出て、多くの人と接すると、改めて自分の特殊性に気付いて混乱する。

英国の教育制度の成功はオクスフォードやケンブリッジのような中世以来の大学を作ったことにある。そこに入るためには、かつては貴族たちは家庭教師を雇って、後に大学の授業の必須課目になるラテン語などの教育を子弟に施していたのだが、パブリック・スクールというものを作って、集合教育をすることにした。イートン、ラグビーなどが有名である。ラグビー校は今ではフットボールの一種の名前として世界に記憶されるようになっている。

パブリック・スクールの意味は公共の学校の意味であるが、これは必ずしも、全英国の子弟に開かれた学校ではない。かなり閉鎖的な上流階級の子弟の教育機関である。しかしここでは個人教育では得られない、クラス単位の授業で、自分の個性を発見し、寄宿舎では上級生の使い走りに使われたりすることから、上下関係のある組織に所属することの意味を身につけることができた。

しかも個々のパブリック・スクールが違いすぎると、また個人教授に似た弊害ができると恐れたのであろう、学校対抗のフットボールをすることになるが、そこに共通のルールが必要だから、いわゆるサッカーはアソシエイション・フットボール（共通蹴球）とでもいうべき名前をつけて、共通のルールの下に試合をするようにした。

元来はフットボールなどというのは、野蛮なものだった。南欧などの都市によくあるスタイルだが、街の中央に広場があって、中央教会や市役所がその両端に向かいあっていたりする。こういう街ではしばしば広場の東と西、あるいは北と南の若者が対立して、競技を、たとえばカーニバルの時などに行う。

二つのチームの本拠を教会と市役所ということにして、ボールとか、マスコットとか、その街のシンボルになりうるような物を、互いに奪い会いながら、相手の陣営に持ちこむことに成功したチームが勝つ、といったゲームである。

これは平生からこの町の中にある東西、あるいは南北の間にある対抗精神の発散の場でもあったから、時に殴り合いにもなり、負傷者も出たことだろう。英国の町にも、こういった町の中の争いをゲームや祭典にしてしまう土地があったかもしれない。

イギリスの〝掟〟教育はエネルギーを秘めている

パブリック・スクールではそういう対抗心をスポーツに仕立てた。だからパブリック・スクール間の対抗心を、フットボールの試合という形にして、消化したのだし、それには共通のルール——アソシエイション——が必要だったのだ。手を使わないというのは、手を使えば、つい相手への暴力になる危険があるからではないだろうか。

それはあまりにも不自然だというので、手を使うことを許したのがラグビー校のフットボールであろう。ただ、手を使って、相手のゴールに投げることを許すと、点が入りやすくて、試合が面白くなくなる。それでボールを投げるには後ろ、つまり自分の陣の方向だけ、としたのではあるまいか。

伝説によると、パブリック・スクールでは上級生がトイレを使う前に、下級生は便座に坐って、上級生のために温めるようなこともさせたという。このような形で、英国は組織の解体を防ぐために、たとえ理不尽にみえる掟にも従うという、体制作りのルールを作っていったのであろう。こういう学校制度が、十八世紀から十九世紀にかけての、あの小さな英国が世界に雄飛したエネルギー源の一つになった、と私は考えている。

英国のパブリック・スクールの存在は、教育機関の必要性と機能を説明してくれる。

才能の芽はいつどこで開くか

学校が「ミンナ、ナカヨク」では困る。個々の生徒の授業を受ける態度、また試験の成績による序列化は必要だ。またその際、個々の生徒から見て、教師の判断が不公平だ、あるいは間違っていると感ずることもまた、教育の一つの目的である。

私自身、教師を都合二十五年ほどもやってきた経験から言うのだが、特定の生徒に関心を持つということは避けられない。

文章表現の授業をしていた時、最初に個々の生徒の資質を漠然とではあっても、見当をつけるために、二十字作文というのを書かせたことがある。題は「雨」であった。

ほとんどの学生は「雨はウットウシイ」とか、「雨は心を内向きにする」といったことを書いているのに、ある女子学生は、「彼がやってくる」と書いた。

雨が降ると、つい億劫になって、外出もせずに雨足を見て過ごすことになりがちだ。そういう自分を見越して、自分を愛してくれる彼は、自分を訪ねてくれるだろう、彼はそういう男だ、といったニュアンスがある。

教室でこの文章の筆者をそれとなく確かめた。派手ではないが、何処かしんみりしたところのある美少女である。なるほど、これなら恋人としては、雨の中を傘をさして来るような男を選ぶだろうし、また彼も雨の音を聞きながら、静かな時を彼女と過ごして満足するのかもしれない。

次にこのクラスに十枚ほどの作文を書かせた。題は人間の体の一部ならなんでもいい。口でも鼻でも、手でも足でも。

彼女は「耳」という題で作文を書いた。

高校二年の初夏。汗まみれになって、午前中授業の学校から帰ってくると、アパートを経営している母が、風呂に入れという。行水がわりになるから、大歓迎である。風呂から上がると、母は鏡台の前に坐れと言う。これまでこんなことはなかった。

坐ると薄化粧をしてくれた。そしていつの間に用意したのか、娘向きの和服を着せてくれる。

「どうしたの？　何かするの？」

と聞くが、返事はない。着付けが終ると、ハイヤーが待っていて、無言の母と一緒にそれに乗る。娘としてはこれは何か特別なことなのだ、と直感して、もはや、何も質問しない。ハイヤーは高級そうに見える料亭に着いた。先に入った母が仲居に何か言うが、その言葉は聞き取れなかった。

庭に面した座敷に通される。丁度、傾きかけた日が座敷の中に射しこんでいる。そこに中年の男が正座して待っていた。

母が娘の名前を言って、

「挨拶なさい」

と言うから、丁寧に頭を下げた。すると男は静かに言いだした。

「アンタの母親は多分、父親はあんたが小さい時に亡くなった、と教えていたに違いないが、実は私がアンタの父親だ。色々と訳があって、結核で死にそうな弟の籍に入れたのだが、それはやがて弟が死ぬと判っていたからだ。私はアンタのお母さんとは結婚できなかったし、今でもまだ結婚することは、いや、一生、結婚は無理だろう。それで、アンタを育てるために、アパートを建てて、その貸間代で生活が立つようにした。そうは言ってもアンタを今までほうっておいたのは、実に申し訳ない」

そう言って、男は頭を下げた。しかし、その話も、男の態度も、彼女にはあまりにも突然で理解の外である。急にそんなことを言われたとて、ああ、そうですか、と答える気にはなれない。茫然として男の言葉を聞き、彼を眺めていた。

彼は彼女が怒っていると思ったのだろう。手を打って仲居を呼び、

「何かこの子の好きそうな物を。それから私にはいつもの冷酒を」

と言いつける。その顔に後ろから日が当たり、耳を照らして、その形も軟骨の場所も見える感じになった。その耳、それが平生カッコが悪いと鏡を見る度に、気にしている自分の耳とそっくりであった。そう思った瞬間、両眼から涙が溢れてきた。

そういった内容の文章だった。

その内容が事実かどうかは別にして、大学一年の女の子にしては、完成度の高い、しかも説得力のある作品になっていた。

誠実という個性の力

学生はそれぞれに個性があるが、強烈な個性と、目立たない個性がある。

入試の時、学科試験を終えた、ある女子受験生の口述を私が担当した。もっとも口述試

験は一人が行うのではなく、偏《かたよ》らないように二人でする。

ある女子受験生はコチコチになっている。経歴を見ると、有名な温泉地の出身で、小、中、高校の校名のすべてにその温泉地の名前がついている。彼女の堅い姿勢をほぐすつもりで、

「なんだ、小学校からずっと温泉に浸《つ》かりっきりみたいな学歴だな」

と言った。すると、彼女の両眼が大きくなったと思うと、みるみる涙が溢れてきて、頬を濡らす。私はあわてて、

「悪い、悪い。そんなつもりじゃない。君の気持ちをほぐそうとしたんだ」

言い訳して、彼女に最高点をつけて、面接を終えることにした。

彼女は私の面接の点のオカゲかどうか知らないが、無事、入学して、普通に学生生活を送り、卒業してまもなく、一流大学の工学部を出て、大企業の技師をしている青年と結婚した。私も招かれてスピーチをさせられて、まさか温泉びたりの話はしなかったが、彼女が誠実で信頼できる性格だということを、在学中のエピソードなどで紹介した。

男性で言えば、カメラマンとして高名になった篠山紀信などは、学生の時から妙に存在感のある若者だった。

当時は大学生はまだ、詰め襟の黒い学生服を着て、高校までは丸刈りにして、大学に入っ

てから長髪にするといった学生が多かった。篠山もその一人だったが、彼は生来の縮れ毛である。

その髪がまた堅いタイプなもので、互いにからんで、巨大な円球を作る。しかも学生服は襟がつまっている。何のことはないコケシ人形みたいに見えた。何かの時に、トイレで並んで放尿しながら、私は彼の髪のことを言った。

「私の父も縮れ毛だけれど、長く伸びれば、自然に垂れ下がってくるから大丈夫」

といったようなことを言った記憶がある。すると彼は、

「父が坊主（丸刈りにしているという意味なのか、僧籍にあるという意味かわからない）だったし、私もずっと長髪になんかしなかったもので、縮れ毛の遺伝がある、ということは気づかなかったんです」

という意味のことを言った。そんな会話が印象に残るほど、彼は存在感があった、というべきであろう。私は写真のことは判らないが、彼の作品はやはり彼の個性の出た、存在感の豊かな芸術品なのであろう。

とにかく学校で学ぶのは教えられる学生、生徒ばかりではなく、教える教師も、さまざまな学生と接して学ぶことが多い。私は大学を出て、二週間後に別の大学の非常勤講師に

なったから、先輩から教育者になるための指導を受けることはなかった。その分、学生から学んだ、と言える。

私はふとセンチメンタルな気持ちから、恵まれない若者のためにとばかりに、定時制高校の教師をしたことがある。その高校に豪放な感じの生徒がいて、家業を聞くと、ラーメン屋だという。

「じゃ、一度、キミんとこにラーメンを食いにゆくかな」

と言うと、彼は暫く考えて、

「いえ、ウチはやめたほうがいいです、うまくないですから。そのかわり、お勧めはシカジカ」

と別のラーメン屋を教えてくれた。私は彼の誠実さに打たれた。彼は父の仕事を手伝うようになれば、私に食いに来いと言えるラーメンを作るべく、努力することだろう。

その後の彼の家のラーメンは知らないが、私の想像では、幾つかの支店を持って、それらに配布するために大量のスープと麺を用意する企業に育てあげているかもしれない。

8 劣等生なんて存在しない

「受験教育」と別世界で育った人間の幸せ

考えてみると、私など「受験戦争」とは別世界で育った運のよい男である。中学四年の時、学校で最初に五年生と合同の模擬試験を受けた。その成績はどうやら旧制高校に入れる点を取った。旧制高校を卒業すれば、東大でも文学部なら無試験同様だ。二学期に二度めの模擬試験があったが、別に勉強もしなかったのに、成績は少し上がった。一高のような難関を目指さなければ、高校は入れる。私は受験勉強などせずに、好きな本を読み、好きなように生活した。

大学を出て四年、二十六歳で、今でいう准教授、当時の言い方で助教授になった。強いて努力したとすれば、二十五歳のころから一年ほど、作家として世に認められるように、よい小説を書こうとした程度である。一年ほどで小説も何とか売れるようになり、結婚相手も見つかった。

大学教授にもなったし、高級公務員にもなれた。国の組織である日本芸術院という、芸術家の団体で作る組織の院長にもなった。他人は私がそのような地位につくために、努力し勉めたと思うかもしれないが、私としてはすべて成り行きであった。メンドウだなあ、しかし、そう言われて断わる理由もなし、やってみるか、といった程度である。

しかし私の勤めた高級公務員のポジションだって、上級公務員試験に合格した、いわゆるキャリアでも、そこまでになるには努力と運が必要である。その地位になる時には同期のキャリアたちは、人によっては二十年も前に公務から去って行くし、勤務を続けることができた同期の最後の数名も、何年か前には官庁を去っているはずである。

私の場合、息子は一人きりだが、社会の反逆者にもならなかったし、曲りなりにも大学教授になって、欧米の有名大学の大学院に留学するような孫を産んだのだから、子孫にも恵まれたと言ってよかろう。これで不足を言えばバチが当たる、というものだ。

配偶者、曽野綾子には不満はないが、もしも学生時代に映画研究会に入って、映画界の人間になっていれば、天下の美女、大スターと結婚できたかもしれないのに、映画評論家になった荻昌弘のせいで、映画界に入る夢は潰された、と彼女に言ったことはある。

戦後、大学の学生だったころ、高校時代以来の親友だった阪田寛夫と一緒に大学の映画研究会に入ろう、と話し合ったことがある。半分本気で、半分遊びであった。私はそんなことは忘れていたが、阪田は映画研究会に行ったたと見えて、こう言った。

「映研はアカン。行ってみたら荻たらいう好かんたらしいガキがおってな、志望者が多いので、入会テストをします、言いよんね。同じ学生同士やで、失敬やないか」

というので、映画研究会に入るのは笑い話になってしまった。

私だって天下の大スターと結婚できたかもしれない、と妻に言ったのは、その映画研究会の一件を、若いころの笑い話として、何かの拍子にしゃべったのだ。

女はシツコイから、それをいつまでも覚えていた。そして何かの映画の賞を与える選考会で、彼女が荻と一緒に委員になって、亭主が未だに天下の美女に憧れていると語ったらしい。

「荻さん、おっしゃってたわよ。三浦さんはムリじゃないかな、ポクだってダメだったんだからって」

つまり私と彼女の結婚はやはり偶然なのである。

文学に志す者として、ある評論家に紹介されて、二人は知り合った。二人の間に文学という共通項が最初から存在していたから共通項を通じて、互いを理解し合うのに苦労はなかったが、私たちの育った環境は大変に違っていたから、別の環境での接触だったなら、二人は赤の他人でしかなかっただろう。

人生は成績より運と偶然が左右する

とにかく、私はお盆とお彼岸の違いも知らない。初七日とお七夜を言い間違いそうな環境で育ったし、彼女は正月の七日には七草粥を毎年作るような家庭の娘だった。だから接触の条件次第では、彼女は私を、

「非常識で失礼な男」

の一言で交際相手としては問題外と思っても不思議はない。私も彼女をカタクルシイ娘だ、としか思わなかった可能性はある。

そもそも、私が文学をやるようになったのは、高知の旧制高校に入ったら、同級に阪田寛夫がいて、二学期からは彼と二人で寄宿舎の同じ六畳で暮らすようになって、寝ている時間以外は、同じ環境の中で、それぞれの個性に関心を持ち、確かめ合い、それが文学への道につながっていった。

阪田だって、私と知り合わなければ、大阪出身の彼のことだから、京大の法科か経済を出て、家業である阪田インクに入って、経営スタッフの一人になり、会社が住友化学に吸収合併されると、資産を何処かの私立学校に入れて、その経営に参与して、晩年を迎えたかもしれない。

私が大学を出る時の希望がそのまま実現していたら、全社員が二十名程度の出版社に編集者として勤めて、運が悪ければ、五十歳でそこの編集長。運が良ければ四十代で自立して小出版社を起こして、そこの社長になっていたかもしれない。

とにかく人生は運と偶然の要素が大きい。

平和な時代に生れていれば、大学を出て平凡なサラリーマンになったであろう男が、たまたま戦争中に成人したばかりに、ニューギニアのジャングルの中の道で、救援の輸送船のいるはずの海岸めざして行軍中、飢餓や疫病に倒れて、そのまま死を迎えるようなことになる。

そんな人生は、彼の幼少のころは家族の誰一人として、予想しなかったであろう。それもこれも運と偶然の結果である。

だから学校で成績がよかろうと、よい友達に恵まれようと、あるいは成績も悪く、イジメの対象になろうと、いうならばすべては運と偶然の結果である。

成績の悪いのも偶然なら、イジメられるのも偶然である。そうなったら、その偶然をうまく利用するより仕方がない。成績の悪いのをいくら嘆いても仕方がないし、なまじ努力しても、成績は大してよくはならない。

もっとも、小学校時代は成績が悪く、三流の旧制中学を出た男が、後年、十万近い人口を持つ市の公務員になって、そこの市史の編纂委員になった。私はそれを見せられたから知っているが、確かに編纂の責任者に彼の名があった。

「実際、あのころ、オレはどうして、あんなにできなかったのかなあ、成長が遅かったのかなあ」

と後に彼は私に言った。

成績がいい人間が社会で凡庸になるワケ

学校時代は成績がよくても、社会に出たら凡庸、という人も珍しくない。

学校の成績が悪くても、イジメられる存在であっても、それを自分の個性として、それを積極的に生かす道を探求することが、大切である。字が下手でも、私のように、社会人としては生涯、文字から離れられない職業につく者もいる。絵が上手くて画家の道を志しながら、ついには絵を生活の資とすることができない人も沢山いよう。

先祖に刀鍛冶の人がいたとしよう。もしその先祖が現代に生きていたら、どういう職業についたであろうか、それをあれこれ考えてみるのもよい。結局は子孫である自分と同じことをしていても、オカシクないかもしれないのだ。

明治の末か大正初期のハヤリ歌に、安サラリーマンの姿を歌って、

「破れた洋服に弁当箱さげて、てくてく歩くは月給九円」（自動車とばせる紳士を眺めほろりほろりと泣きいだす。）

などというのがある。九円は食えんにかけている。そして、

「天保時代のサムライも、今じゃ山の神がバッテンつづりの手内職」

という句もある。バッテンつづりのバッテンは英語のバトン、つまりボタンのことで、バッテンつづりというのは、バタンホールのへりかがりのことであろう。確かに既製の学生服でも、ボタンが五つ付いていたから、ボタンホールは五つかがらねばならない。

天保時代のサムライと明治時代の安月給取りと、どちらがどれだけエライのか、エラクナイのか、簡単に比較はできないが、確かに生活の内容が時代によって、かなり違ってく

ることは確かであろう。

歌の中の登場人物ではあるが、この男の愚かさは、自動車を走らせて、その後部座席にふんぞり返っている紳士を眺めて、その物質生活だけで彼と自分の物質生活を比較して、その優劣を簡単に決めていることであろう。車を乗り回す紳士だって、第一次大戦後の経済恐慌で、倒産の憂き目にあって、失業者の一人になるかもしれない。一方、月給が九円の男は、公務員であるが故に、失業を免れ、しかも、一応の管理職の端くれになって、失業者の面倒をみる係になり、かつては車を乗り回し、今は失業者である男が仕事の対象になったかもしれないのだ。

イジメの問題を改めて考えると、月給が九円の腰弁の勤め人で、夫人が内職をして家計を支えている男は、社会からイジメにあっている、と嘆いているのかもしれないが、自動車を乗り回している紳士は、彼をイジメようなどとは考えてもいない。イジメにあっていると思うのは、彼のヒガミである。彼は安月給であるが故のノンキさを幸せ、と思うこともできたはずである。

イジメは当初の形としては、他人にイジメられるのではなく、まず当人が周囲によってイジメられているという、劣等感を持つことからはじまるように思う。

私のイジメられ体験の初勝利

私は小学校三年の時に、イジメにあった。イジメる側は四人ほどであったが、彼らはまずクラスの中で、共通の劣等感を分かちあっていた。

多分、親から勉強しろ、と言われながら、勉強がイヤで、親の目をかすめて遊び回っている。その意味でこういう連中を「受験戦争」からはじかれた集団といわれることもある。

遊び回るせいか、それとも元来、能力がないせいか、成績は芳しくない。親には叱られるし、先生には成績とは無縁の存在の生徒として、ほとんど無視されている。

そういう少年が、何かのことで、自分と同じ不安、劣等感、不満を持っている者がいることを知る。たとえば授業がはじまったのも知らずに、教室で言い争いをしていて、先生に叱られた、といったことがあると、後でケンカ相手と、

「何もあまで言われたくないよな」

「今日みたいな雨の日は休み時間も教室にいるんだから、ベルの音を聞きそこねることだって、先生もさ、知っててほしいよな」

といったことから、同志愛のようなものを分かちあう。それに合流する者もいて、やがて数名の緩い集団ができる。彼らは不満を、別の形で、クラスの弱者に投げかける。

私は色が白かった。そのことがイジメの対象になった。

「三浦、お前、色が白くて、女みたいだぞ」

とイチャモンをつけてきたのは、イジメグループの、一番、下っ端の、ケンカも弱そうなヤツだった。彼は仲間にイイトコロを見せようとしたのだろう。

私は物も言わずに、彼の胃袋のあたりに拳を突きだした。彼はウッとうめいて、前かがみになる。彼の顎が、私の腰のあたりにきたから、私は膝を上げたら、丁度、彼の顎のあたりにぶつかった。

彼は尻餅をついて、一瞬、驚くべきか、怒るべきか、泣くべきか迷った表情を見せて、どう対処するか、仲間が自分のカタキをうってくれそうか、後ろをふりむいた。

イジメグループのリーダーは、先生に言いつけたりすると、ヤブヘビだと判断したのであろう、

「三浦、いい気になるなよ。覚えてろ」

と言って立ち去った。彼らはそれ以後も決して、私とよい関係にはならなかったが、二度と私に言いがかりをつけてくることは無かった。多人数でかかれば、私を転がして、蹴ったり殴ったりすることはやさしいが、それが先生に知れると、また叱られる、と思ったの

であろう。私は彼らに敬遠されたのだ。いやこの種の事件によって、彼らはクラスの中で、孤立する傾向すらできてきた。

私はイジメに勝ったのである。

彼らが目をつけるのは、オトナシイ、あるいは見るからにケンカが弱そうである、といった同級生をイジメることで、自分たちの劣等感を繕《つくろ》おうとするのである。

この時から私はケンカが強い、ということになった。事実、大柄な体だったから、体育の時間に砂場で相撲をやっても強かったし、小学校四年になるころには、低鉄棒で逆上がりをすることもできた。

あれは両足で地面を蹴ってもダメなのである。足で強く地面を蹴れば、腰は鉄棒から離れて、足は体が水平になるくらい、鉄棒から離れてしまう。両腕で鉄棒を胸に引き寄せるようにして、軽く足で地面を蹴って、デングリカエシの逆に、腰を鉄棒の上に持ってゆくようにするのがコツなのである。

私はクラスを代表して、隣のクラスの代表とケンカをしたこともある。

私の小学校には講堂というものがなく、三つの教室の境は板戸になっていて、板戸を外せば、細長いが広い空間ができるようになっていた。これが講堂として使われた。それだけに、雨の日など教室で休み時間を過ごすことになると、隣の教室で、板戸にドシン、ドシンとぶつかったりすると、うるさくて困ることがある。

イジメと友情によって

私たちは五年生の時にこの教室に入れられていた。当然、隣の同学年のクラスと問題が起きる。とにかく、どちらの組が言い出したか覚えていないが、ウルサイ、そっちこそ、といったことから、両方のクラスが廊下に出てきて睨《にら》み合った。

隣の組からは、火傷か生れつきか、顔の半分がひきつれたようなアザの子が出てきた。彼はその顔のために、イジメにあい、ケンカが強くなり、クラスのボスになったのだ。

私のクラスは私を押しだした。私はアザの少年と向かい合うことになった。負けられないと思った。すると、一番後から級長が廊下に出てきて、

「おい、やめろ、やめろ」

と言う。隣の組の級長も前に来て、

「そんなことでいきり立つことはないよ」

とアザの子をなだめた。彼の表情がゆるんだ。多分、私の顔も緊張が解けたのだろう。

クラスを代表してケンカをする必要はなくなったので、私はホッとした。しかしその間、私の後ろで、キーキー声で、私たちのクラスの言い分をわめいたKという少年がいた。古本屋の子だった。その日、私はKと一緒に学校から帰った。ケンカの話はしなかったが、親しい感じを分かち合えた。

この事件のころはまだ大陸で戦争ははじまっていなかったが、後年、昭和二十年、世界大戦が終る数カ月前に、Kは戦死した。

その年の秋、私はKに線香の一つも上げに行こうと、彼の古本屋に行った。母親が出てきて、私を見ると、

「ウチの子が死んで、あんたたちがピンシャンしているのを見ると、腹が立つんですよ」

と言って、家に上げてくれなかった。母親の気持ちとしては当然であろう。

だから私は今でも八月十五日には、まだ人の少ない早朝、靖国神社を参拝する。ここにはKの他にもう一人、中学の同級生も祀《まつ》られているのだ。

イジメのグループは、成績がよいわけではなく、特にスポーツに優れている、というのでもなかったから、上級生になるにつれて、次第に目立たない存在になってゆき、イジメのグループとしても自然に消滅していた。

落伍者になる人間はライバルを持たない

それなのに、近ごろのイジメは、中学から高校生のクラスにまで見られる現象らしい。私のころのイジメは精々で小学校三年ころのことだったのに、近ごろの子は心の成長が遅いのだろうか。

しかも、イジメを苦にして、自殺する子もいるという。いや、それが珍しい現象だからこそ、新聞記事にもなるのだろうが、それにしても、他に何とか対応の仕方があっただろうに、中学生にもなって、そんなことにこだわって、という気がする。

この年頃の子が大人になって、学校を出てサラリーマンになると、上役に仕事についてのシツケを受けたり、叱られたりすると、中学時代のイジメの延長で、自分は会社でイジメられていると思い、自殺するのではないだろうか。そういった危惧は、戦後の日本社会の、事なかれ主義、みんな仲良く、力を合わせて平和な世の中を作って行きましょう、といった、何処となくヒヨワな風潮がもたらしたような気がする。

しかし世界を見回すと、八十年近く前に、日本にイジメられて、今は国力もできたことだし、イジメ返そうという国が近所にいる。こういう国——一つではない——に謝ったところで、それで事は済みはしない。いよいよ居丈高になって、要求の内容をかさ上げするばかりである。

昔、小学校五年の時に、顔にアザのある少年に、私が詫びたとしよう。やはり、彼は図に乗って、私に土下座しろとか言い出して、土下座をすれば、その私の肩を蹴るようなことまでしたかもしれない。その結果、私の組の者は隣のクラスとの境の板戸に背中をぶつけたり、ボールを投げたりするどころか、音を立てることも許されなくなる。

男の子は成長の一段階で、暴力的になることが男性的なのだ、と思う年頃がありそうに思う。家に帰っても、昔の東京の郊外によくあった、原っぱと呼んでいた空き地で、野球やドッジボールをするスペースを、他のグループと争ったりするのも、やはり小学校三年生から四年生あたりが中心で、その中に成長の遅れた?五年生か六年生がいて、彼らがそのグループのリーダーになっていた。

男性が暴力に目覚めるのは、十歳前のことで、小学校五年にもなれば、そろそろ受験の年頃であり、徒党を組んでケンカをするどころか、自分と学力の近い者同士で親しくなってゆく。彼らは友人で、難しい算数の解き方などを相談し合う仲間であるが、試験場ではライバルになる仲なのだ。

しかしこの連中には学力などについて優劣はあるにしても、彼らはどのような道を歩こうとも、落伍者にはならない。

本当の落伍者は互いに同じ年頃の仲間と親しみながら競争するのではなく、そういう環境から進んで身を遠ざける少年たちがそれに当たる。

彼らは同年代の仲間と、体験を共にする能力も気力もない。そしてずっと年下の子と集団を作って、そのリーダーになろうとする。これは逃避であり、一種の自慰行為である。恐らく中学の段階での登校拒否者は、こういった少年から出てくるのであろう。

彼らを相手にしてくれて、親分扱いをしてくれる年下の子がいる間はいい。彼らも小学校の上級生になって、個人の生活を送るようになれば、それまでの集団は消滅する。そうなると集団の自称ボスは孤独になる。彼には行く場所がない。

もはや原っぱに行っても孤独だし、学校には友人もなく、教師も遠い存在でしかない。しかも親は勉強しろといった態度を見せる。何のために勉強しなければならないのか、彼としてはどのようにして生きてゆけばよいのか、見当もつかない。その結果、学校も行かないで、家に閉じこもることになる。

彼らの一部は音楽、美術、文学などの芸術に逃避する者もいる。少なくともイヤホーンでプロの音楽を聞きながら、自分もその楽団にいるつもりでギターをかき鳴らせば、自分を欺くことはできる。

そうしているうちに、資質のある者はそれなりにギターにせよ、管楽器にせよ、モノになってゆく者もいる。

文学者の中には、大学中退者が結構多いのは、文学を理解するには、精々でハイティーンになっている必要があり、従って、登校拒否をしたくなる年頃には、大学生になっているからであろう。

落伍者だって、生きる道はある。しかし世の中には本当の落伍者もいるのだろう。私は盛り場などでホームレスの中年男や老人を見ると、つくづくそう思う。

9 人間教育と受験教育はここが違う

人間教育の出発点「シワ」と「折り目」

よく子供が親に、

「ね、何故なの?」

とか、

「あれ、何なの?」

うるさく聞きだす時期がある。家庭内のシツケが一応は終わって、家庭の外に出るようになる段階、年齢でいえば二歳半をすぎたころからであろうが、家庭内でのルールと、社会の掟の違いから、今まで無条件に従ってきた家庭のルールへの疑問をも含めて、子供には理解できないことばかりである。

その種の質問の中には「哲学的」で、大人としては答えられない、たとえば、

「この世界、何万年もたったら、どうなっちゃうの?」

といったこともあるから、親としては油断がならない。しかし、その子の置かれた環境が、その子を愛情で包み、よい大人に育てよう、といった善意のものであるなら、周囲は子供の質問に誠意をもって答えるだろう。それが教育の原点である。

まず、子供の白紙の状態——もっとも、白紙の子もいれば、黄色い紙の子もいるし、その形状もさまざまで、最初から破れている心の持主もいる——の子にシツケという形で「折り目」をつけるが、子供は「折り目」と、自分のワガママや、環境に対応するためにできた習慣、つまり心と態度の「シワ」とは、どう違うのか、「シワ」が正しくて、「折り目」の方が不自然ではないか、といった疑問を持つ子もいるだろう。

子供がこういう疑問を持つことは、実は大変に重要なことで、それは矯正すべき「シワ」として処理されるのが常識だが、それは単なる「シワ」ではなく、重大な意味を持つ「シワ」であるケースもありうる。天才的な学者の幼年時代に、優秀ではなく、むしろ、脱落者であったという話をよく耳にする。

アメリカの発明王といわれたエジソンは、小学校を退学せざるを得ない子だった。二十世紀の偉大な物理学者であるアインシュタインの、大学院に入るまでの学歴を見ると、やっと何とか、十九世紀末のヨーロッパの教育システムの中で大学は出たものの、その経歴は芳しくない。高校の段階で落ちこぼれ的だし、大学も名門校ではない。それも成績がよくなかったらしく、卒業後、二年も半失業状態である。やっとスイスの特許局の公務員になって、仕事がヒマだったのだろうか、私には全く理解できないが、彼は革命的とされる物理の理論を作りだしたという。

教育に刃向かう心こそ創造個性教育

教育の主体は教育を受ける対象であることを述べてきた。だがこれはあくまでも私見だ。いや、教育の主体は社会やその意図を代表する教育にあたる組織や、教育者の資質が問題だ、という意見もありうるだろう。

子供の時、教育の「教」の字は、ヘンの部分の上は教師で、斜線は鞭《むち》だと聞いた。してみると上の部分は「土」ではなく「士」なのであろうか。とにかく鞭を持った教師が上にあり、子供がヘンの部分の下にいる。つまり教師が鞭を使って、子供に何かをたたきこんでいるのが、「教」のヘンで、教える内容がツクリの部分に「文」という部分なのだという。つまり「教」の字は教師が鞭を使って子供に「文、つまり文字」をたたきこむことだ、というのである。

それと反対の徳川時代の寺子屋のマンガを見たおぼえがある。教師は、自分の机の前に劣等生だか、質問にきたのか、とにかく子供をじかに教えている。その他の寺子屋の子供たちは勝手の仕放題である。まともに勉強している子も一人くらいはいたように思う。しかしその他は紙にイタズラ書きをしたり、子供同士で、相手の顔などに墨で髭などを書こうとしている。勉強そっちのけで、オシャベリを楽しんでいる子。机をひっくり返して、仲間と格闘ゴッコをしている群れ。

とにかく、学問を学ぶというよりも、子供がいると、親は落ち着いて仕事ができないから、昼の間、預けておく場、といった感じであった。勿論、この寺子屋のマンガが、実体を写したとは、私は思わない。当時の教師は今よりも厳しかったと思う。それこそ、鞭を持って、子供たちを静かにさせたし、教えるべきことを、身につけさせたであろう。

俗に「読み書きソロバン」という。今風に言えば、国語と算数である。寺子屋の科目もこれであった。そのお蔭だろう、明治維新の時の日本の識字率は先進国並みであった。この基礎があったからこそ、明治五年の政府が出した義務教育令が、国民に無理なく受け入れられたのであろう。

義務教育は当初、四年であった。この課程を尋常小学校といった。しかしそれでは学力は十分とは言い難いから、「尋常（並み）」の上に高等小学校四年をつけ加えた。

徳川時代までは活字といえば、せいぜいで読み本程度だったから、一切の書類は手書きの文字だった。この書類を読みとるのが、これまた大変である。学識のある人はあるなりに、流麗な文字を書く。あまりに流麗すぎて私などには判読できない。また教養のない連中は、金釘《かなくぎ》流で、それも間違った文字の使い方をする。これまた判読困難である。

寺子屋でも、活字による教育はある程度しないではなかった。道徳的な科目というか、親に孝行をしろとかいったテーマには、それを教える教科書的な古典があって、教師はそれを解読して教え、その書物を子供たちは書き写すことで、文字の基本形を学んだ。

だから寺子屋はマンガにあるような、デタラメではなく、見たところでは整然としていたと想像するのだが、個々の生徒の心情を絵に書けば、あのようなことになる、というマンガなのだと、私は考えている。

今の学校でも同じではないだろうか。ある高校の教室を想像して見よう、一応は皆したり顔で授業を受けているように見える。しかし一人一人は、寺子屋の絵そのものである。内心では、歌い踊るアイドルの出演する集いに行くことを想像している女子。隣の組の憧れの女の子とデートをして、彼女を抱きしめている場を空想する男子。グランドでサッカーをして、コーナーキックから見事にゴールをきめる自分を思い描いている子。演劇のクラブ活動で、今度の文化祭でやるドラマの演出をする者は、その時の仲間を指揮する自分の姿を空想して恍惚としているかもしれない。

つまり静かに授業が行われている日本の現代の高校でも、一皮むけば、昔の寺子屋のマンガと同じなのである。同じような教育を受けていても、その受け取り方は、一人一人別々なのである。

このような個性の差は、これまで述べてきたように、その子に内在する個性によることもあるが、地方性という、その地域の社会も影響する。また個々の家庭の気風、いわゆる家風の影響もある。そして何よりも、直接子供を育てる母親や父親の影響力もある。

東京の新聞記者は、同じ新聞記者でも、東京と名古屋では生活と仕事への態度が違う、と言っていた。

東京の記者にいわせると、新聞記者など、仕事の後に関係者と飲むのは当たり前のことで、給料の前借りをして、その穴埋めで、ボーナスはいつもゼロになったりもする。

しかし名古屋の新聞記者は名古屋の現金主義のお蔭で、全く前借りなどしないのだ、と言っていた。もっとも私は実際に名古屋地区の大学の授業と運営に関係して、現実はそうではないと知ったが、名古屋地区に対して、そういう偏見?があるらしい。

三十年ほども、この名古屋地区出身の大学生や職員と接触してみて、東京との違いを発見することはできなかった。強いて言えば、この土地の学生は自営業の子弟が比較的多く、大学卒業後も、親の仕事を継ぐとか、縁故のある中小企業に、半ばコネ、半ば予定のコース、といった形で、就職してゆく傾向があることに気付いた。

つまり親から子への伝承というものが、この地域では大きいのではないだろうか。殊に技術の伝承は大きい。父親のやりかたに批判的な子は、父親に押しつけられた技術への拒否感から、新しい分野に進出しようとする。その際、父親から伝えられた技術や思考法に影響されていることを、当人はあまり意識しないかもしれないが、そういう技術の伝承の力で、名古屋地区の持つ日本製の世界的技術産業を育てた原動力になったのかもしれない。

「嫌いなことはするな」の教育

私の父は大正デモクラシーといわれる、第一次大戦後の欧米の文化が、それも明治時代のそれと違って、風俗、生活のスタイル、の形で入ってきた時代に青春を送った。当然の結果かもしれないが、日本の伝統に無関心だった。その教育を受けた私は、水引《みずひき》の上と下が判らない。イタリア文学にのめりこんだ学生と、下っ端の新劇女優が駆け落ちしてできた家庭だったから、そんな贈答品を交換する親戚知人もいなかったのだろう。

父の教育方針は、嫌いなことはするな、というのであった。

好きなことをやっていて、大人になってから、それで収入が得られるようになったら、大変に結構なことだし、それが収入につながらなくとも、自分から自発的に打ちこめるものを持つことは、人生を精神的に豊かにしてくれるものだ。

父の考えでは学校秀才は知能が高くて、学校で教えることが、それほど努力しないでも身につく。その結果、よいといわれる大学に入り、よいと言われる就職をする。しかし、それが本当にその人の資質にあったものか、それが本人の心の底にある人生の価値観にあったものか、考えることもない。それを意識することがあっても、これは気の迷い、と自分で打ち消してしまう。

私の父の考えでは、東大出の秀才といわれる者には、このテの人間が多く、自分の個性、自分の好みに生きる意味を見出そうとするような人間を、侮蔑する傾向がある。つまり、彼らは人間の本性を評価することのできない下等な人間だ。それだから、自分の息子である私を、そういう下等な人間を養成する大学にやりたくない、と父が母に言ったのを私は記憶している。前にも触れたが、私が小学校高学年になろうとしているころだった。それに対して母が言うには、

「しかし東大――当時の言い方では帝大――は私立にくらべて月謝は安いのに、先生の質と設備がよい。だから息子はああいう所にやったほうがトク」

だと言う。

父は言いまかされたのか、書斎に入ってしまった。すると母は私に言った。

「あんたさえシッカリしていれば（下等な人間にならないように努力していれば）大丈夫だから、帝大に行きなさい」

とにかく私の家庭環境からすると、文学部を出れば、何とか就職というか、生活してゆく道が見えそうであった。それで東京の大学に行くとすれば、東大か早稲田か慶応ということになるが、私が思春期になるころ、姉は絵が好きだったが、画家の道を進む勇気はなく、聖心の専門部を出ると、歌人としても、書家としても高名な会津八一が教授をしている早稲田の美術史学科に進学した。

私は、早稲田に行って姉の後輩になると、事ごとに威張られそうだし、慶応の文学部と

いうと、何やらスマートな感じがあるが、ピアノの一つも弾けなければ、半人前扱いをされそうだし、そうなると東大かなあ、という感じだった。

東大も文学部なら、今では旧制という頭文字をつけなければならないが、高校を卒業すれば、ほぼ無試験でゆける。高校も東京の一高や京都の三高のようなところは入試が難しくてとても無理だったが、学校での模擬試験の成績からすると、地名のついた地方の高校なら何とかなりそうであった。父は高知の出身で、母の家は新潟の農家だったが、明治の中頃に潰れて、東京に出てきた。

だから高校に入るなら新潟か高知、ということになる。すると母は新潟は美人が多い、つまり誘惑があるからいけないと言う。

「でもお母さん、美人じゃないいじゃない」

というと母はヤニワに怒りだして、とにかく新潟はいけないという。

考えると新潟は雪が深い。高校に入ったら高下駄に腰に手拭いをさげて、マントのボタンをはずして羽織り、裾を風になびかせて歩き回りたい。そうなると高知かな、ということになった。

高知を選んだのは正解だった。それは学校が良かった、というのではなく、偶然だが、大阪出身の阪田寛夫が同級にいて、しかも二学期を同じ六畳で暮らすことができたからである。二人が相互に与えあった影響は大きかった。阪田も当初は法学部や経済のようなところへ行って、実業家であった家の後を継ぐ宿命にあった兄を助ける予定だったかもしれないが、文学部に進んだ。

個性は「ゆとり教育」のらちがいにある

私は最初から文学部志望だったから、学部の選択には問題はなかった。しかし阪田は文学部に入ったことで、親に気まずいことがあったのか、最初、美学・美術史学科に入ったのに、国史学科に転科すると、親の仕送りを絶って、バイトで自活して大学を出た。

彼の家は文字通りのブルジョアであった。敷地も広く、彼の生れるころ、父親は敷地の一部、それと隣り合っていた友人の家の敷地を合わせて教会と幼稚園を作るような家だった。彼が学科を変わったところで、自活せねばならない経済的な理由など何一つなかったのである。それなのに、彼は昼は大学の食堂で皿洗いのバイトをし、夜は東大生仲間でやっているバンドのパーカッション部門を担当していた。

私は小学校のころはサヨクであった。国民の三大義務が納税、徴兵、教育である、と教科書にあると、納税と徴兵は義務かもしれないが、教育はそれによって国民が、知的になれるのだから、権利というべきである、と言って先生を困らせた。

また昭和十二年、大陸で戦争がはじまった時は小学校六年だったが、その年の十二月、当時唯一の合法的サヨク政党であった社会大衆党の区会議員の家――私の通学路にある家――の門扉が破られているのを見た。どうやら警察の手が入ったらしい、と私は直感した。それでその日、授業中、先生に質問した。

「われわれが習った国語の『孔子』という文章の中に、『自ら省みてやましからずんば、千万人と雖《いえど》も我行かん』とありました。社会大衆党の人たちだって、警察ににらまれながら、政治活動をやっているからには、やましいところがないからではないですか。それなら彼らを逮捕する警察は間違っている、と考えるべきなんでしょうか」

先生はどうも明快な答えをすることはできなかった、と記憶する。そんなことがあったせいだろう、先生は私に向かってよく、

「三浦クンは、お父さんの本を読むんじゃないかなあ」

と何度か言われたことがあった。私の家では父の本、私の本という区別はなく、当時の私は少年雑誌など読まず、愛読していたとすれば、「新青年」という雑誌で、それも年に

一度出す臨時増刊号に、英米の短編推理小説の特集をやっているのが気にいっていた。

ワイセツである、という理由で発売禁止になる外国の小説でも、書店に並ぶ前に、父のところには直接、訳者や出版社から送ってくれるから、私は読むことができた。

それで小学校四年の時の二・二六事件でも、父の出す翻訳本の下訳などのために、我が家に出入りする若者たちの影響で、あ、いよいよ日本にもファシズムが、と思う程度のサヨクであった。同級にはよい大学、よい就職のためのガリ勉、また学歴より家業についての知識を要求される、金持ちの子もいた。私の小学校のクラスでも、その実体は寺子屋のマンガそのままだった。

「ゆとり教育」というのは、学科の内容を詰めこむのではなく、自発的に考えるユトリを与えようという意図があったかもしれないが、わざわざユトリなど、与える必要はないのだ。ユトリとは、個々の子供が作るものである。学校の教科に違和感を持つことからはじまって、教科を批判的に眺めるようになれば、それが本当のユトリである。

わざわざ、カリキュラムの中にユトリということを取り入れる必要はない。それは学校をサボルことをも含めて、教科書や教師に批判的になり、あるいはそれ以外のことの重要性を感ずるようになることであって、画一的な授業は、生徒の個性を際立たせるためにこそ必要なのである。

赤子の学習の仕方を思い出せ

とにかく、嬰児《えいじ》が母親の胎内を出た時、その子は何らかの教育を必要としている。それまで羊水という母親の体液によって、外界から守られていたのが、急に大気の中にほうりだされるのである。手足は動くが、使いかたはわからない。耳も目もダメ。心臓が意志とは無関係に動く。呼吸器系は、半分は生理的反応によって、作動しているが、これはある程度、自分の意図が反映される。

そういう訳で、激しく呼吸する。それが嬰児の産声である。母親はその動く唇を自分の乳首に当てる。それは人間の場合は知識からであろうが、動物の場合は本能的な動作である。とにかく子供の動く部分、唇を乳首に当てると、動く唇に、ほとんど自動的に、母乳が流れこむ。

嬰児の肉体はここで一つのことを学ぶのである。母親の胎内と違って、大気の中で生きることは、さまざまな抵抗がある。そして唇を動かしながら、呼吸を激しくさせれば、甘美な液が口の中に入ってくる。

やがて目や耳が使えるようになると、赤子は自分が置かれている世界が、実に対応の難しいさまざまな問題をもって、自分に迫ってくることを知る。最初のうちは泣くこと以外には反応の仕様がない。母親は赤子の泣き方の微妙な違いに感づいて、乳をやったり、おムツを替えたり、着せ過ぎた衣類を薄着にしたりするのだが、やがて、赤子は意識的に泣き方を変えるようにするとすれば、それはコトバを身につける糸口となる。

赤子が唇を動かして、発音できるもっとも素朴な音声は、ローマ字で書けばMの音であろう。そしてその後で口を開けるから、大人の耳には、それはママ、とかマンマと言っているように聞こえる。

この音声は世界的に、母親とか食物という意味のコトバになっている。この場合、赤子にとって、母親と食物は同じモノである。だから日本語のマンマは食べ物だし、英語のママは母親である。

子供の目が見え、音が聞こえるようになると、自分の周囲にあるさまざまな物に関心を持たざるをえない。そして体を動かすことを覚えると、その好奇心を満たすために、それに近寄り、触れ、その物のそばに寄ることをしてみる。そして外界とは実にスリルとサスペンスに満ちていることを知る。

好奇心が良い形で満たされた時は笑うようになるし、好奇心を満たそうとした結果が、肉体の痛みなどを伴う不快なものであれば、泣く結果になる。

この全てが学習である。

子供が大人とコトバでボツボツ意志の交換ができるようになったころ、大人のように両足で立って歩くようになる。好奇心の対象とそれを満たそうとした結果の満足と失望の経験は、増えるばかりである。

赤子はそういう体験を通じて、自分をとりまく物への対応の仕方を学ぶ。その際に常に自分の側に立って、未知の対象のもつ危険から守り、それとの好ましい結果を産むように味方してくれるのは、母親であること、そして改めて見回すと、自分の周囲には、母親のようには自分と密着はしていないにしても、すぐにやってきて、自分を好ましい状況に置いてくれる存在——父親をはじめとする家族——の存在を自覚するようになる。

赤子の成長とは考えようによっては、完全保護の状態にあった母親の胎内から地球上で生きるようになって、自分の周辺にある全ての事物への対応を学ぶこと、と言えるのだ。

やがてコトバを覚えることで、子供は積極的に環境への対応の仕方を学習する。親を質問攻めにして困らせるのは、この年代である。

この子はそれなりに環境を理解し順応しようとしていて、教育を求めているのだ。その意欲の結果、教育は著しい成果をみせる。ここでその子が置かれた自然と社会の状況が、大きく子供に作用することになる。

まず母親は自分の生活と両立するように、子供をしつけるであろう。この段階まではどこの人間社会でも似たようなものだ。つまり文化の相違というものは問題にならない。人はそのような形で、生れて一年ほど後には、母に抱かれ、母の乳を吸う存在から、自立した人となることを教えられる。これが子供が受ける最初の教育であろう。

親離れ教育が教えること

しかしやがて赤子は自分で行動するようになると、肉親以外の人々、つまり特定の文化を身につけた人々に接触し、そのメンバーとして受け入れられるように期待されるし、また当人にしても、辛かったり、悲しかったりすることはあるにしても、周囲の人と好ましい関係を作ることは、生きてゆく上に、便利であり、またそれなりの満足感を与えてくれることを知る。それでその子は特定の文化圏の一員となるために努力する。

その集団に馴染むための教育の一例を挙げよう。

子供にとっての最初の転機は、他の同年代の子供との接触であろう。

今では遊園地とか幼稚園などが、その機会を与えてくれるが、昔は家の近所に、同じ年頃の子供たちの集団ができていて、時には親のすすめで、時には彼らからの誘いでその仲間に入る。

まず驚くのは、菓子一つにしても、食べ方が違うこと。親から与えられた菓子を食べていると、グループの先輩に半分以上もとり上げられて、仲間に食われてしまうこともある。それを母に訴えても、

「そう、悪い子たちね」

と一応は憤慨してくれるのだが、彼らとは付き合うな、とまではいわない。

そのうちに一人ひとりの子供の育った家の特殊事情も、その家特有の子供の養育の仕方があることも判る。そして年長者は、男の子の場合、体力においても、気力においても、年少者に勝っている。その集団にはそういう年齢や能力を規準に、一定の秩序が作られていて、一人ひとりは自分の場を発見して、そこに生きるより仕方がないことを知る。

そういう体験は辛いか、というと、一度、その集団の一員になってみると、一人でいることに耐えられなくなるくらい、集団の一員として行動することに楽しみを覚えるように

なる。たとえば家庭では厳密に禁じられていること、人前で放尿することなど、集団でもほめられたことではない、と知りながら、それすらも遊びとする楽しさを知る。

一列に並んで、放尿して、誰の尿が一番、遠くまで飛ぶか、などという遊びは、家庭では許されないことだけに、そういう禁を破って、放尿の記録に挑戦することの面白さを知ってしまう。

ここでは一番の新参はしばしば、集団の不文律を知らないとして、イジメの対象になるが、いじめられた子もやがては新しいメンバーをイジメる側になることができる。

教育という鋳型の危険

今では、子供が知る最初の子供集団というのは、幼稚園などで与えられることが多い。これはある意味ではムダのない教育システムで、昔だとまず子供の群れに入ることで、家庭の外の秩序を知るのだが、幼稚園、小学校という経歴を踏むことは、子供に要領よく外界とその秩序、そしてその中で生きる方法を教えてくれる結果になる。子供が幼稚園の秩序を身につければ、大人になって、社会の秩序に対処する道も楽に見出せる。

幼稚園では、同じ年の男の子も女の子も、丸く輪を描いて、手をつないで並ぶ。音楽に合わせて右に回ったり左に回る。そして先生が大きく手を打った時には、右足なり、左足をあげる。先生がポポンと手を打った時は、互いに取り合った手を、頭より上にさしあげる。同じルールを平和的に守ることで社会が成立することを教える。

たとえば、小学校の段階になると、個人的な差異が序列となり、優れた子、劣った子という区別をつけられる。先生の言うことをよく理解し、従わねばならないのだし、その程度は成績という形で、順位をつけられる。

しかもその順位は学年が上がっても、それほど変わらない。つまり優秀な子と劣った子という判別がつけられる。それが子供の価値を決める唯一の物差しとすれば、劣っていると決めつけられた子たちはたまったものではない。そこで、先生の作った価値観とは違った価値観を作る。男の子なら、腕力に優れているのも、一つの価値である。ケンカの強い子、また学業には反映しない、頭の働きというものも、それなりの評価を受ける。仲間を誘って、憎んでいる子をイジメることに巧みな子。奇抜な行動をして人気者になる子。

誰もが、それなりの物差しにおいて、他の子より優れている点を発見して、学校の成績の悪いという劣等感を、補おうとする。また大人のルールにそむくことに快感を覚えることも知る。そうすれば、学校の成績が悪くても、先生だって大人なんだから、大人の見方しかできないのだ、と傷ついたプライドを補うこともできる。しかし小学校の段階では、社会の作った学校の成績という物差しで、自分の位置を知らされることは大きい。しかも世の中にはさまざまな物差しがあって、子供はそれをおしつけられる。

子供の家庭での教育はこのようにしてはじまるのだが、それは必ずしも、親の側が主体になって、白紙状態の子供に、アイロンをかけてキチンとした折り目を作ってゆく、といったものではない。子供が主体になる教育、というものもあって、こちらのほうがより重要であるかもしれない。

文化はその子に環境を与え、時には生き方を強制する。教育とはその子が生を受けた社会の文化を身につけさせることである。

一年の大半を寒冷な場所で過ごさなくてはならないエスキモーと、アメリカ中北部の砂漠の近くで暮らす原住民の子では、大気の温度や水分への対応の違いが大きい。そういう自然への対応の仕方もさまざまである。

東大の水産学科を出たある男が、極洋捕鯨の会社に勤めて、昭和二十五、六年ころ、エスキモー部落の周辺を、彼らの案内で、適切な寄港地を探していた。波打ち際にワカメが

打ちあげられていた。何気なくそれを取りあげて口にいれると、素晴らしく旨い。またそれを見た案内のエスキモーが喜んで、

「海草を喜んで食べるのは、エスキモーと日本人だけだ」

と言って、抱きついてきた。

そのワカメが美味かったのは当然で、それはニシンが卵を産みつけたいわゆる子持ちワカメだったのである。彼は即座にエスキモーと契約して、子持ちワカメを輸入することにした。これが日本の市場でもてはやされたのは当然のことであった。

そういう異質の環境の中に、自分が育った環境と共通の要素を見つけて、それを利用することも可能だが、場合によっては、それぞれの個人の先天的な資質によって、親や家族が生存できない環境に対応できる、強い個性を持つ子が生れる可能性は常にある。

少なくとも、日本という環境に適応して成人した大人は、エスキモーの集落では、辛くて生活できなかろう。子持ちワカメくらいでは、とても彼との生活を楽しむことはできるとは思えない。

環境に適応するというのは、教育の結果、ということができるが、教育はしばしば人間を特定の鋳型にはめるような結果になることも、承知しておかねばなるまい。

10 受験の価値観が変わる「学校はナゼできたか」

世界の教育と違う日本の教育のはじまり

日本の文化の特殊性について書いておきたい。

日本という国は妙な国である。とにかく千年前の古典が、今なお、通用する。勿論、英国にも『ベオウルフ』などという、千年以上昔に作られた古典があるが、現代の英国人は読むことも理解することもできない。

しかし日本の千年昔の古典は生きている。私の友人だが、第二次大戦中、日本の軍隊で徹夜の行軍をさせられた。訓練である。夕食を済ませて部隊を出発して、歩きはじめる。一時間に五キロの速度であるく。水を飲むのは許されない。水筒には水が一杯入っているが、部隊に帰ってからそれを調べられて、水を飲んだ形跡があれば、上官にさんざんに殴られる。

夜が更ける。銃も何もほうりだして休息したくなる。やがて、東の空が白んできた。何やらそのあたりの地平線も見えてきた。ふと振り返ると、西の空の半月も白かった。そして彼は万葉の短歌を思いだしたという。

ひんがしの野にかぎろいの立つ見えて
返り見すれば月かたぶきぬ

そして彼はその時、何故か涙ぐんだ。彼は戦後になって、私に言うのだ。

『千年も昔の短歌が、今も普通に読めて、それに感動できる。百人一首などというのもあるしな、日本というのは妙な国だよ』


とにかく文字というものは、時間と空間を超越する。千年の昔に、ある人が文字に書いた詩が、現代の人の心を動かすように、千キロ離れた土地にいる人の書いた命令文に、書いた人を見たこともない人々が、従わねばならないこともある。

文字は、その当時の小さかった集落の群を一つの大きな組織、つまり国家に作りあげる道具として有効であった。

朝鮮半島と日本の神話によると、朝鮮半島の新羅《しらぎ》を開いたのは倭人とも考えられるし、日本の神話でも朝鮮半島に任那《みまな》という土地があって、そこに日本人が住んでいたらしい物語もある。それを今日的な意味での植民地支配などと関連づけると間違いである。

要するに、文字以前の時代において、後に朝鮮半島の国民になる人たちと、後の日本人になる人たちとの間に、その生活の場所、生活の形において、さまざまな接触があった、と考えたほうがよいと思う。

日本の歴史を〝漢字〟で書いた日本人の面白さ

日本に国家らしいものができたのは、中国の史書に「倭国」として、記載される存在が記述されたころと考えてよかろう。たとえば宋書——宋の国の歴史を書いた記録だが、この宋は、蒙古人の帝国、元の前の王朝、宋とは違う宋である——によると、五世紀のはじめの項に、倭王讃が貢物を捧げたとある。この讃という君主は日本の仁徳天皇だという説が有力である。

日本の歴史には仁徳天皇の御事跡《ごじせき》には、大陸との交渉など書かれていないが、仁徳天皇のころから、国民から徴税したり、中華の大国と交渉とする政治権力が確立したのであろう。天皇が今の大阪あたりの浪速に都を置かれたのを見ても、天皇がさまざまな形で、大陸の文明を取り入れ、交流を深められたことは想像に難くない。

　このころから文字が使われて、人が直接行き来しなくとも、広大な地域と民衆が一つの政治組織に属することが可能になったと言ってよい。八世紀のはじめに、日本の正式な歴史書である日本書紀が漢文、つまり中国語で書かれたが、日本の面白いところは、七世紀から八世紀にかけて、日本語ではあるが、漢字で歴史的言い伝えを書いた『古事記』、そして七、八世紀ころの詩歌集、『万葉集』が作られたことである。

　これらは日本語と言っても、漢字で書かれているので、その読みについては、一部には諸説があって、必ずしも完全に作者たちの作った通りに、今日まで読まれているか否か、断定できない部分があるにせよ、とにかく日本語の書物ができたことは確かである。やがて仮名ができて、漢字仮名交じり文が、日本での普通の文字表記になる。

　中国だって四千年の文明の伝統を誇るが、文字が中国社会で、特殊階級の間で普通に使われるようになったのは、三千年ほど前の、王朝でいえば周の時代あたりからではあるまいか。

　統一国家である周が衰退した二千数百年前に、孔子などの理論家が現れて、多くの書物が書かれるようになる。統一国家の必要性を人々が感じ、その理念や、その形態についての様々な考えが生じた。孔子はその一人であって、天下のあるべき姿と、その維持、発展の中核となるエリート——孔子はこれを君子と呼んでいるが——の心構えを述べた。その典型が『論語』である。

秦の始皇帝が、儒者を殺し、書物を焼いたというのも、文字が持つ、地域と時間を超越する「力」が、新たな権力機構を作ろうとする始皇帝にとって、うるさかったのではないだろうか。

実は大学から先に日本もできた

日本において、最初に教育機関が作られたのは、大化の改新の時代で、勅令によって八世紀のはじめに大学寮と称する高等教育機関、そして朝廷の運営や儀式に必要な職業教育機関として、陰陽寮、典薬寮、雅楽寮などが作られた。

大学寮の主なテキストは論語などの中国の古典であった。くり返すがそれまでも、藤原氏の貴族の子弟は家庭で、中国古典の教育は受けていたであろうが、それでは家庭の教養のレベルによって、かなり違う学力の持主が、朝廷で力を合わせて仕事をせねばならない。そういったことから生ずる不便の故に、この種の教育機関ができたのである。

貴族である藤原一族の教育機関である大学寮では、やはり中国の古典が不可欠のテキストであったことであろう。

その意味で、日本で最初にできた教育機関は高等教育機関であった。これは欧米にしても同じで、古代にはあまり文明化されていなかった、アルプス以北の地、今の英仏独あたりが、中世になってギリシャ・ローマの古代文明を学ぼうとする時、最初にできたのは大学であった。そして大学で使われる言語はラテン語である。今の英仏独語の原型になる言葉には、古代文明を分析する単語が無かったのだから仕方がない。

同様に、日本の支配階級は中国の古典を漢文で学んだが、これは日本語の詩文を作るにも影響を与えた。紀貫之などは『土佐日記』は和文で書いているが、形は女性が書いた体裁にしている。有名な「男もすなる日記といふものを、女もしてみむとて、するなり」という有名な文頭の一文は、男は漢文、女は漢字仮名まじりの和文、という区別があったことをうかがわせる。

それに次ぐ「それの年の……」という「それの年」が承平四年とされるから、計算すると今年西暦二千十年代から数えて、千百年近く前に書かれた文章ということになる。

この千年昔の散文が後世、たとえば日本の現代文学、ジャーナリズムの文章などに与えた影響は大きい。この一貫性から考えても、日本文字文明の原型は、すでに千年以上昔に成立していたことがわかる。

実用的庶民教育は寺子屋のあった日本のお家芸

明治二十三年、つまり日本が国会を開いて民主国家への第一歩を踏み出そうとする時、明治天皇のお名で『教育勅語』が出された。これが完全に漢文になるという事実を、自分も漢文を教えられてから気付いて、そうだあのころまでは、公文書は漢文でしか書けなかったんだ、と知ったことがある。しかし漢文体の文章も、日本語の散文としても、立派に通用する文章になりうる。

日本の古代の高等教育機関で教えた中国の古典と、ずっと遅れて発達した庶民教育の日本文との間の断層——明治以来の近代日本が公家や武士のための高等教育機関と、庶民の寺子屋の落差——を一つの教育体系を作りあげたことの意味は大きい。それに自力で成功したのは欧米諸国を除けば、日本だけである。

日本の庶民教育は、実用的な必要から生れた。あるいは最初から近代的な性格と目的を持っていた、といってよいかもしれない。

ヨーロッパの庶民教育は教会で、キリスト教の教義を教える教会学校からはじまった性格が強いが、日本の庶民教育はより実用的であった。

徳川幕府の時代になると、四公六民とかいって、農民の収穫した稲の四割は彼らのために治安を維持してくれる役割――とされている武士たち――への年貢となり、農民には六割しか残らない。しかも農民の多くは自分が耕作する水田の所有者ではなく、地主から借りているという形式だったから、農民の取り分は一層制限されて、農地を所有しない小作と言われた農民たちの生活はみじめなものであった。それを救ったのは、と言うか、そういう隘路《あいろ》を突破するために、日本は多くの産業を発達させた。

古くから大陸との接触があり、交通路として利用されてきた瀬戸内海では、各地に特有の産物が現れた。

広島の水産物、北四国の綿、岡山地方の畳表やタバコ、徳島県の染料。

農民から年貢を取り立てた武士たちも、それを全部自分たちの食料にするのではない。さまざまな生活必需品に代えねばならない。その中心となったのは、当初は贅沢品の大消費地だった京都。また、当時の先進地域だった大和地方への水路もあり、しかも瀬戸内海に面して、内海の各地の産物の集約、交換の場所でもある、という利点を持つ地区だった。

当時の浪速や堺がそれである。当初は物々交換も行われたであろうが、やがてより能率的な貨幣経済に変わってゆく。

この種の市場は、武士の年貢米の処理のために、各地で発達した中心地、たとえば名古屋、江戸、仙台、北陸の新潟、その他、大きな河の河口に発達した港などに、後の産業・商業都市の原型となる社会が出現する。

これらの町ではエリート教育のための論語などよりも、現在、米の在庫がどれだけあって、その市場価値が幾らか、とか、市場に出回っている商品のうち、何をどれだけ、在庫の米と交換したか、といった記録しうる能力が必要となる。

誇るべき「読み書きソロバン」力

江戸時代に発達した庶民の教育機関である寺子屋では、教える学科は、勿論、社会人として、あるいは商人としての倫理的なことも教えたが、具体的には「読み書きソロバン」といった。

水田は水をはる必要から、一枚の田は水平でなければならない。それでかなり古くから水田の面積というものが問題になった。面積を計りやすいように、四角く区切ることが、ごく普通に行われたたし、傾斜地の水田では段をつけなければならないが、そういう水田では、逆に収穫量から、面積を推定した。

水田の面積を全国同じ規格にしようとしたのは、豊臣秀吉が天下を統一してからで、それを太閤検地という。徳川時代になって、それが多少変わって、一町、六十間。一間、六尺。一尺、十寸という尺度が規定された。メートル法で言えば一寸は三・〇三センチである。

水田の場合、一町四方の土地が一町歩。その十分の一が一反、その十分の一が一畝《せ》、ということになる。

この厳密さは欧米の近世にはない。たとえば英国に畠の面積などを計るのにエイカーという単位があるが、これが土地によって、尺度が違う。イングランドの一エイカーを一とすれば、スコットランドはその一・二七倍だし、アイルランドでは一・六二倍、ウェルズ地方では零・八九倍ということになる。

従って、日本の度量衡《どりょうこう》はかなり厳密であったたし、それを使う庶民も、それなりの計数能力や、それを文字化する知識を持っていたとしか考えられない。

徳川時代では、中国の古典や、比較的新しくできた朱子学や陽明学などを、武士を中心とするエリートに教える江戸の昌平黌《しょうへいこう》と、庶民のための寺子屋との間には、何のつながりもなかった。昌平黌に行くには、武士はまず自分が所属する藩の学校で優れた成績をあげて、その上で江戸の最高学府に推薦され、あるいはテストされて入学したのであった。

寺子屋でいくらよい成績を収めても、こういう最高学府への道などなかったし、寺子屋に行く子は最初からそんな高級?な学問をしよう、などとは考えていなかった。

維新の人間が大学を作った理由

そんな訳で、明治になって、日本が欧米の文明を入れて近代化しようとする時、日本の庶民の識字率は、ヨーロッパの先進国並みに高かった。従って、義務教育制度が作られ、当初は四年の尋常小学校、その上の四年の高等小学校ができても、庶民はそういう教育機関に子弟を学ばせることに拒否感はなかった。

それとは全く別にエリートのための、西洋文明を取り入れる教育機関、今の言葉でいえば大学が作られた。当初は古代文明を作った中国に優れた古典があるように、欧米先進国にも、それに相当するものがあるに違いないという期待があったかもしれないが、それよりも、体制や若者が欧米の文明に期待したのは、実用的学問であった。

欧米の法律を勉強する学校、医学の学校、機械技術の学校、農業技術の学校。これらの学校は大学、後の帝国大学として、一つの教育機関になる。

大学に入るには、それなりの教養がなければならない。外国語の文献が読めなければならないし、数学だって、日本の古典的な数学では役に立たない。それで大学で学ぶに足る学力を持つ若者を養成するために、大学予備門という学校を作る。

この段階ではこれらの高等教育機関と、庶民のための尋常、高等小学校とは何の関係もない。しかし大学予備門が、そこに学ぶ若者の年齢や、その学力に比例して、三年間教育する高等中学校と五年の尋常中学校に改変されてゆくと、義務教育の小学校とのつながりが問題になっていった。

それは教育秩序の問題であると同時に、地方的な問題でもある。それらの准高等教育機関は元の江戸、現在の東京にだけあるのではなく、古都である京都にも、東北の中心である仙台、北陸にも、また九州にも作ってゆかねば、全国に平等の教育制度を作り、優れた人材を漏れなく大学に収容することはできない。

その結果、義務教育は尋常小学校の四年だったのに、それを二年延長して、高等小学校の前半も義務教育にした。つまり尋常小学校を六年制にした。高等小学校は二年ということになる。そして中学に進学する者は尋常小学校六年を終えて、尋常中学校五年、それから高等中学校三年を終えて、大学に入ることになった。同時に尋常中学校という言葉は無くなって、単に中学校になり、高等中学校は高等学校になった。

伝統的な言葉から言えば、大・中・小なのに、中と大の間に、高等のついた学校が入るという妙なシステムになった。それに軍人の幹部を養成する学校と義務教育機関とは関係なかった。

軍は学歴を問題にしなかったのだ。陸軍の幹部を養成する陸軍幼年学校に進学するには、中学一年程度、そして海軍の幹部を養成する海軍兵学校、また陸軍幼年学校をへずに陸軍士官学校に進学するには、中学四年終了程度の学力で入試を行った。

庶民教育と貴族教育の大きな溝ができた

初等教育と高等教育との学制の無関係さは、小学校教師を養成する師範学校にも見られる。当初これは四年制で、高等小学校の卒業生の中から入学させていた。そこで中学の卒業生が小学校の教員になろうとすると、高等小学校卒業から四年学んだ師範学校卒業生に比べると、修学年限が一年短い。それで中学卒業生が小学校の教員となろうとする場合、師範学校二部と称して、一年間、教員になるための勉強をさせられた。

しかし師範学校は次第に終業年限を延長して、まず四年制から五年制になり、中学からの二部の入学者も二年学習することになる。さらに第二次大戦ころになると、一年修業年限が伸びて、五年制の中学を卒業して入る、高等専門学校になってしまった。

一九三〇年ころまでは、国立の大学というと、九帝大といわれた帝国大学以外は、大学に昇格した今の筑波大学、当時の東京文理科大学、一橋大学、東京工業大学、神戸にも一橋大学と肩を並べる大学。広島の文理科大学。そして長崎、岡山、金沢、新潟などの単科の医科大学しかなかった。そのほかに高専といわれた中学卒業後三年の終業年限の学校が、ほぼ各県に一校あって、これは今日の国立大学程度の権威があった。後に師範学校も、その高専の一つになったのである。

しかし明治の日本の学校制度は、二本立ての面があった。

義務教育である尋常小学校。その上の高等小学校、師範学校、それぞれ四年制の学校であった。これが庶民の学校コース。

それからエリート教育の三年制大学。ただし医学部は四年制。この大学に入るための高等学校が三年。その下に中学が五年。もっとも一九三〇年ころ、大学卒には年限がかかり過ぎるというので、中学四年修了で、高校を受験できるようになった。この中学五年、高校三年、大学三年のエリートコース。

しかし二つのコースは次第に接近して、ついには一つになって、第二次大戦の敗戦をむかえた。そして戦後の学校制度として、六、三、三、四年の小学校、中学校、高等学校、大学という、一本の系列になって、小学校から大学まで、一種のピラミッドを作った。その中でも、その各段階において、一流校、二流校、といった規準がいつの間にかできて、傾斜の緩やかなピラミッド、また一流校のコースを辿ると、険しい槍ヶ岳のような急な嶺ができてしまった。それが今日の、進学難を作っている。

日本の教育を考えるとき、寺子屋庶民教育と貴族の大学寮教育との大きな溝が根底にあったことも知らねばならない。

11 面接官が望んでいる人間像とは

無能な先生のおかげでよくなることもある

ここに、頭がいいと言われる子供がいて、先生も学力のある教える技術が優れている人がいたとしよう。

先生のいうことを、この生徒はよく理解して、そのために成績もよい。クラスの中の成績も抜群である。この場合、教育は成功したといえるのだろうか。

この優秀な生徒を相手に、先生がどんどんレベルの高い授業をしてゆくので、クラスの者の大半がそれについてゆけなければ、やはりこの先生は教育者として問題がある、と言わねばならないであろう。また優等生が、自分が難しい問題でも解けることから、やさしい問題にも苦労している同級生をバカにするようになったら、たとえ彼が幾ら成績がよくても、この優等生の教育は成功、とは言えないであろう。

第一、そういう先生と生徒がこういう特殊な関係を持って、授業を行ったら、生徒の大半は、先生を敬遠するであろうし、優等生との間に一定の距離を置くようになる。

私の中学の数学の教師に、人気のある先生がいた。私たちは彼から幾何を習った。幾何の問題の解き方を黒板に図を書いて説明する時に、先生は、

「証明は至って簡単……」

と言って解法を黒板に書いて見せるが、ある時、黒板に幾何の図形は正しく書いたものの、題の問いの部分を写しそこなった。それでは証明することは無理である。

「証明は至って簡単……」

とはじめたものの、どうにもならない。生徒はその理由が分かっているから、クスクス笑うし、先生は焦る。ついにクラス委員が、挙手して立ちあがり、先生が黒板に書いた問題は写し違っていることを指摘した。

「あ、それならこれは証明は全く不可能」

と先生は言い、生徒はドッと笑いだした。おかげで、この問題とその証明はクラス全員に、確実に理解されたのである。

無能な先生が必ずしも、生徒に悪い教育的効果を与えるものではない。生徒はそれを批

判することによって、真実に辿りつくことだってある。

ヨーロッパは教会教育から始まった

ヨーロッパでは、この地がキリスト教地帯になってから、ユダヤ民族の神話——天地は世界のはじめに神が一週間で作りあげた——を信じていたが、それを疑う人がルネッサンス時代になると出てきて、ようやく発達してきた望遠鏡で現実に天体を観測して得た星の知識などによって、星や、月や太陽、さらに自分たちのいる大地も球形ではないか、と考えだした。

そのほうが天体の運行や、大地の気候の変化、地域的特殊性などを説明するのに便利である。いや、便、不便の問題ではなく、地球は球体で太陽の回りを自転しながら回っている、そう考えるのが妥当だ、ということになる。いわゆる地動説のはじまりであり、それを証明するために、正確な暦が作られ、何年の何月何日に、日食が起きる、と予言をすることもできるようになる。

とにかく十七世紀のはじめ、イタリアのガリレオ・ガリレイは地動説を唱えて、ローマ法王庁に破門するとおどされた。当時、破門というのは社会から締め出すのに近いことだったから、ガリレイは地動説をひっこめて、「それでも地球は動いている」と、呟いたと伝えられる。

しかしそれから数十年後には、英国のニュートンが地動説どころか、地球が太陽を周回する軌道の計算までしてしまった。その間にドイツを中心としたヨーロッパでは三十年戦争というのがあって、信仰、具体的には旧教を信ずるか、新教を信ずるかをめぐって、はじめも終わりもないような戦争が続き、人々はそんなことで殺し合うことに飽きて、政治と信仰は別の問題、ということが何となく社会的了解事項になっていった。

このころからヨーロッパでは、近代化がはじまるのである。教会が何と言おうと、王様がどういう指令を出そうと、民衆は自由に自分の信仰を守るようになった。

十七世紀の英国では、虚飾を排して人間の基本的な生活を尊いものとする、一種の新教徒、ピューリタン革命が起きる。これは質素な生活こそ、真のキリスト教徒の生き方、という主張もあるが、民衆から巨額の税を取り立てる王や大貴族への反感があったから、成功した革命であった。

この思想には、元々貴族に反感をもち、それなりの実力を蓄えてきた、ロンドンのような新興都市の市民階級の支持もあって、ピューリタン革命が成功した。しかし一旦、革命が成功してしまうと、ゼイタクをしたいロンドンの市民というか、商人たちは困ってしまう。それで反革命がおきたりして、混乱が続いたが、結局、領主としての貴族、商業と製造業の都会人の共存の道をみつけた。

昔の英国でも日本の城下町のように、領主の住む城の回りで、税として集まった麦を、他の物資と交換する市（マーケット）ができて、そのための住民もいたのだが、ヨーロッパが近代的になると、英国内だけでなく、フランスやドイツなどとの交易も盛んになる。これらの仕事をするために、主に海沿いだが、領主の城下町とは違った町ができる。こういう場所、英国ならロンドンが代表だが、ドイツ語ではブルグと言った。ハンブルグはその代表的なものである。ブルグの住民は、貴族の臣下ではなかった。ブルグの構成員として、自らの存在感を主張した。ブルグの住民、ブルガーのフランス読みが、ブルジョアで、彼らはブルグの支配階級となった。

このころから聖書を読むために文字を教える教会学校から、世俗的なこと、つまり実業に役立つことを教える学校が生れる。ヨーロッパの名門の大学はいずれも、元来は神学部からはじまるのだが、次第にそれとは違う科目ができる。たとえば経済学の開祖のような位置を占める、十八世紀の英国のアダム・スミスは、当初、英国国教会の神学者を養成するための奨学金を断り、道徳哲学を専攻するが、やがてグラスゴー大学の教授になると、道徳哲学から、今日の経済学の基礎にあたる講義をするようになる。

十七世紀のニュートンがケンブリッジ大学の教授になった時も、まだ大学は神学者養成所のようなところがあって、自然科学を教えること自体、新しいといえば新しい傾向ではあったが、邪道扱いされる面もあった。

良き中学生が良き大学生になっては困る事情

このように、教育というのは、時にその時の正当な知識や学問の伝授を行う機関である学校において、そこから反逆するような分子や分野を発生させる母体にもなる。

従って、伝統的な学問を教える良い教師とその教えることを正当に理解する優等生が、本当の意味で、理想的な教師と学生とはかぎらない。むしろ「悪い」先生、「悪い」生徒の中から、明日の「良い」先生、「良い」生徒がでるかもしれない。

私の十代は戦時中だった。いや、戦争のせいにするのは自分を欺くことであろう。私には元々、登校拒否的なところがあった。学校などに行かずに、自分の好きなことをしていたい、というワガママな性質があった。

私の今の仕事というのは、昔の私が好きだったことの延長で、学校では相手にしてくれなかったことにつながる面がある。

とにかく、当時の学校は時代と共に厳しくはなっていたが、自由と自治を尊重した旧制高校の伝統を無視せずに、それなりに新しい教育システムに反抗する生徒に、ある程度、寛容な態度を見せた。

私が高校を停学になった時に、引き取りにきた父に向かって、指導教授は、

「お宅の息子さん、世が世ならば、何にも問題にならない、いや、むしろ、教授会に刺激を与えるような事をする生徒だった、と思いますよ」

と、私が悪い生徒ではない、ということを暗に言ってくれたという。

しかし戦時中の学校教育、殊に中学以下は厳しかった。軍隊のしつけを学校に移入しようという面があった。高校は元来が前に書いたように、中学までの詰めこみから、生徒の自由を許して、欧米の先進国の大学に倣って、授業に対して自立性、自発性を学生に期待した学校だったから、高校、大学予科では、一応は中学までの制約から生徒を解放する面があった。それでも戦時中の高校は次第に悪い意味で、戦時体制の影響が及んでいた。

つまり教育というものは、その時代の社会の常識を規準にした、よい社会人を育てるこ

とをもって、学校などの規範にした。ただ、大学は違った。明治の大学は日本の社会的常識ではなく、世界の先進国のあり方を見て、大学の卒業生が、先進国の学者と対等に接しうるようにというので、いささか、中学・高校とは違う教育方針や価値規準を持っていたように思う。

東大をはじめてとする国立大学は、欧米の大学の学生に劣らない学問人を養成しようとしたし、早稲田は民主的な欧米にも通ずるような政治観、市民意識を持つ学生も養成しようとした。その校歌にもある。『我等が日頃の抱負を知るや。進取の精神、学の独立。現世を忘れぬ久遠《くおん》の理想』。また慶応大学は欧米の紳士の常識を学生に許した。それでどことなくモダーンな、しかし、いささか不良っぽい気風を持っていた。

だから良き小学生は、良き中学生である。しかし良き中学生が、良き大学生になっては困るところがあった。そのための息抜きというか、あまりにも日本的な空気を大学生から洗い流すための教育が、国立大学でいえば旧制高校であり、私立大学でいえば、大学予科であった。

ここでは、未成年であるが故に、中学時代に禁じられたことをやっても、大目に見ることによって、自由な、そして自主的な学問研究ができるような気風を作った。

旧制高校の自由と自治については、前に触れたから繰り返さないが、早稲田の学生は大学の近くに下宿することで、そこが学生のクラブ的になり、近くには早稲田の学生相手の有名な飲み屋などがあり、そこを溜まり場として、彼らは早稲田特有の自由な物の考え方をするようになり、近代日本文学の担い手になる数多くの文学者、編集者、評論家が出たし、また地方議員をスタートラインとする、民主的な政治感覚を持つ、庶民的な政治青年を数多く産み出した。

慶応は自由で進歩的な生活態度を身につけなければ、先進国のような産業も、文化人も作れないというのだろうか。たとえば学生服は着せたものの、それまで大学生の専売のようなモノだった角帽をやめて、丸帽にした。そして学生服は着せたものの、ズボンは替えズボンにすることを許した。そのために、慶応は何となく、自由でモダーンな印象を、国民に与えたのである。

つまり明治初期の日本の教育は高等教育と初等教育は別々に作られて、その間をつなぐ教育機関はなかった。明治中期になると、それは一応は整備されたが、それでも初等教育と高等教育は別の目的を持っていて、高校や大学予科という教育機関で、学生を知的に多角的な価値観を与えることで、自主的に考える若者、真の意味で大学生になりうる存在に変えようとする傾向があった。その意味で初等教育と高等教育の間には、ある種の違いが存在していた。

それが戦後になると、小学校も大学も同じ教育目的を持つようになった。つまり民主的で自主的、制度としては自由で開放的な学校運営である。

私はこの方針は必ずしも正しいとは思っていない。現に欧米では十代前半の若者に、高等教育を受ける者と、日本でいえば高等学校レベルで社会に出る者とでは違う教育を受けるようになっている。

これから日本は世界の何をお手本とすべきか

ドイツでは大学行きの少年はギムナジュームという、学問研究が主の学校に行くし、そうでない者はハウプトシューレという高校に入れる。フランスでは大学志望者はリセという大学予備校のようなところで学び、しかも大学入学資格試験のような国家試験に合格せねば大学には入れない。英国ではパブリックスクールという、名前こそ公共学校だが、エリート用の中高一貫校から大学に進学するのが普通である。

アメリカの高校は日本のそれのように、というよりも日本が戦後、アメリカの教育制度を学んだのだが、ほとんど全員が高校に進学するし、大学に行きたいものは、どこかの大学が受けいれてくれるようになっている。

このあたりまでは日本も、アメリカの学制に学んだ、といえるが、アメリカの特色は大学院である。

ここには優劣さまざまな大学院があって、学部を卒業していれば、あまりうるさいことを言わずに入れてくれる大学院もあるが、世界的に権威のある大学院というものがある。たとえばハーバードの大学院やマサチューセッツ工科大学の大学院は有名だ。

日本でも有力国大の大学院はそれなりに権威のあるところが多いし、私大でも権威ある大学院を持っているところも少なくない。しかしやはり欧米の有力な大学院と比べて見劣りがしないではない。たとえば日本の大学院に留学しようとする、東アジアや東南アジアの大学卒業生は、日本を研究しようという特殊な集団を除いては、多いとはいえない。

つまり概括すると、第二次大戦の敗戦によって、日本の教育制度は多分にアメリカ風になった。悪く言えば、庶民的レベルに落としたといってよい。そのレベル低下が大学のレベルまで落としていないであろうか、と私は心配しないでもない。

戦前の東大、京大の学生は一応はエリートであった。外国語も覚束《おぼつか》ないながらも、一応は二カ国語の文献を読めた。早稲田あたりにはそういう大学についてゆけずに、休学しているのか、大学卒業を諦めたのか、学生のような、そうでもなさそうな状態で、未練がましく大学の近くに下宿住いなどをして、まだ大学生である同好の士と知的なような、怠惰なような生活をしている者が群れて、それなりに全国的な社会のリーダーを大量に排出した。戦前はそういう早稲田や明治などの大学中退者で、政界、実業界で活躍していた人たちが結構いたものである。

それが戦後の教育改革で、誰もが、それなりに大学卒業の資格を簡単にとれるようになったという気がする。大学のレベルが下がったのである。しかし、全国的規模では、日本の教育レベル、引いては教育の水準は上がったのかもしれない。

第二次大戦で日本が負けたけれども、その善戦によって、日本が見直された面がある。殊に敗戦以後の経済復興の過程で、日本は欧米の先進国並みとされるようになった。そればかりか、日本が白人と対等に闘うのを見た植民地人の中から、人種的偏見への反感が表面的になって、戦後、地球上から、ほとんど植民地は無くなった。その意味では、あの戦いは日本の勝利、といった面もある。

とにかく戦前、欧米は日本が飛行機を作ったり、それを操縦したりすることができるとは思わなかった。だから日本が真珠湾でアメリカの太平洋艦隊に大打撃を与えた時や、マレー半島の沖合の海で、英国の東洋艦隊を空爆によって壊滅させた時も、あの航空機はドイツ製に違いないし、日本人が航空機を操縦できるはずもないから、パイロットはドイツ人に違いない、と考える英米人が少なくなかった。

あの戦争を戦い、しかもほとんど世界を敵として善戦した結果、日本人もバカにできないという常識ができた。それが戦後の日本の産業の復活とあいまって、日本も先進国の仲間に入れてもらえるようになったのである。だからあの戦争はやはり必要な戦争だったのではあるまいか。

その一つの現れが自然科学部門のノーベル賞であろう。

戦前でもこの賞に相応しい研究をした人が北里柴三郎をはじめ、何人もいたというのに、誰一人、受賞者はいなかった。それが戦後になって、二十名もの受賞者ができた。しかも受賞者の中には欧米語のできない人がいた。日本語だけで世界的な自然科学者ができる。

教育を均等にすることへの一つの疑問

一九六〇年ころから、私は東南アジアなどの大学人と接触することがあったが、その時、日本の大学では何語で授業を行うか、と質《ただ》されたことが、何度かあった。

「日本語で」

と答えて、妙な顔をされたことがある。たとえば十九世紀までの中国語で、あるいはマレー語、その他のアジア、アフリカの言語で、世界的なレベルの自然科学の研究ができるかというと、ほとんど不可能である。

その意味では日本語は便利な言語である。これで伝統的な日本文化を学べるのは当然としても、古代中国文明や仏教に代表される古代インド文明。そして近代の欧米文明も学べる。大きな文明で、日本語で学べないのはイスラム文明程度であろう。

日本の文化、そして日本の教育は、そのレベルまで、つまり欧米の先進国レベルまでになった、と言えないではない。しかし私が憂えるのは、教育の平準化への欲求が進んでいることである。この本のはじめに書いた、毎年四月になると、どの高校から東大に何人入った、といったグラフが出るのは、悪い意味での大学の庶民化の現れかもしれない。一流大学に入れると、まるでタカラクジに当たったかのような扱いである。

大切なのは、東大に何人入ったかではなくて、一流大学の入学者の中で、自主的に学問研究を押しすすめて、将来、日本いや、世界の学会、日本の政治や経済、社会の進歩に貢献する人がどれだけいるか、ではないだろうか。

つまり難関を突破した大学生の中から、将来、真の大学生に相応しい人材がどれだけいるかが、問題なのである。

答えのある問題でも解くのが難しいものもある。しかしそれなりの勉強をして、それが解けるようになる「秀才」が万能ではない。

自分から問題意識をもち、それを解決するために、大学に進学しようとする人こそが、大学人であろう。そういう人たちのために、アメリカのように大学院を充実させようとするなら、それもまた一つの方法であろう。

最近、新しい細胞を発見したとか、しないとかで、ある女性の研究者の仕事が社会的な問題になった。しかし学問研究には古来、ウソだ、ハッタリだといった論争は付き物である。その中から真理だけが生き残る。

キューリー夫人の放射能の研究だって、最初から絶賛を浴びたわけではない。当初はニセモノ扱いする評価もないではなかった。

教育に対する社会の要求はさまざまで、一つは全国民に差別なく同じ教育を与えようとする面がある。それと同時に、才能の優れた人を対象にするエリート教育を必要だという声もある。

しかしエリート教育が必要だとは、今の日本のような「民主的」な国家では、何となく発言しにくい。それで、ついエリートのための大学や研究設備への意見は、言論の世界では大きな問題として取り上げられない。

だが教育には一般のための普遍的な教育と、エリートが独創的な研究ができる特殊な教育機関の二つが必要であることを、私はここに主張したい。

別に日本から大量のノーベル賞受賞者を出そう、というのではない。少数ではあるが、特殊の才能を持つ人が、その才能を生かせる環境も含めて用意できてこそ、日本が真に先進国であり、経済大国である証拠であろう。

因みに日本の十倍の人口をもつ中国は、世界第二の経済大国であり、国際関係でも大国としての位置を主張しはじめているが、中国系で自然科学系のノーベル賞を受けた者は、アメリカで高等教育を受けた三名だけである。

しかもそのうちの一人は日本時代に台湾で教育をうけて、日本語が達者である。彼も戦後、アメリカに渡って、独創的な研究をした。

教育の質について日本人として、改めて考えなおす必要があろう。

あとがき

私の教育進化論

地球上にはさまざまな生物がいる。その中で我々、人類は最高の生物だと、自惚れている。確かに固体としては必ずしも強くないのに、また自然の状況も、そこには住む生物も様々なのに、人間だけはあらゆるところに住みついて、他の生物に対して優位な立場を作っている。

しかしその人間も母体から産みだされた当座は、見ることも聞くこともできない。呼吸とも発声ともつかない音声をだしながら、母乳を求めるだけである。

一年ほど後に、二本足で歩き、親と同じ物を食料としてとることができるようになっても、その食料を手に入れることまで、親の世話にならねばならない。

果物がキライという人は少ないであろう。私の知人で果物のカキが嫌いで、貝のカキも嫌い、メロンも嫌いという人はいる。人の嗜好《しこう》は育った環境や個人的な心理的体験などが影響するから複雑な要素があるにしても、私の考えでは人類の祖先は果物の豊富な土地にいたのではないか、という気がする。人間に近いサルも木の実が大好物である。

それが環境の変化や、人口が増え過ぎて、果物の豊富な場所にいられなくなった人の集団が、敢《あ》えて果物の期待できない土地に出てゆかざるをえなかった。たとえば今から数万年前に今日のスエズ地峡あたりを通って、ユウラシア大陸に広がり、果てはオーストラリア亜大陸やその先の島々にまで出ていった人たちがいた。

彼らはそこでとにかく食べられる物を探さねばならない。稲科の植物はそのようにして人間世界に入ってきたのだろうか。今でも離乳食の時など、親は子供に米の粥とか、オートミールのような物の味覚を子供に教えるのに、多少の努力を必要とするであろう。

私は今でも覚えているのだが、四歳のころに豆腐を食べさせられて、

「味が無いじゃないか」

と噛みだして親に笑われたことを記憶している。いずれにせよ、人間の食材とその処理の方法の豊かさは、他の生物と比較にならないくらい複雑である。

他の生物の生活条件を見ても、人類が哺乳動物の中で、もっとも地球の生活に適応しえ

た。他の哺乳類が特定の地域でしか生存できないのに、人類だけはいかなる湿地帯、乾燥地帯、暑い土地、寒い土地、海や湖に囲まれた土地、水を手にいれるのすら困難な土地でも定住している。

人間は個体としては必ずしも強くない。しかし生物の中で、人間ほど地球のあるゆるところで繁殖し、生活している生物はいなかろう。もっとも細菌類などの寄生生物は、人と共に全地球で生存してはいるが。

母からの自立という最初の「教育」

私たち人間は、他の動物のように自律的に成長してゆくことはできない。人として生れたからには、通常、次のような訓練を最初に受ける。

老廃物の排出は、必要が生じた時に行うのではなく、それが許される状況があること。また母から乳を貰っていて、それに満足していると、やがて自分が空腹なのに、母は乳をくれなくなり、異質な物を口に入れられるようになる。また周囲の人、母や父、そして後に兄や姉といった関係のわかる肉親たちもまた、口に入れているから、それを真似ざるをえないことを知る。その新しい食物の味を歓迎する自分を育ててゆく。

具体的には、毎日、定期的に、親をはじめとする肉親と一緒に食事を行い、自分が口に入れたくない物でも、親に言われれば、それに従わねばならないと知る。しかしそれには一定の作法があって、一部の文化圏では、手でじかに食物を口に入れることは許されない。我々の文化圏では、具体的にはハシという二本の棒を使って、食物を口にいれて、それを歯で噛んで飲みこむことをおぼえる。ハシが使えないほど手の動きが滑らかではない段階では、スプーンという道具で食べること、また食べられる物は貴重であって、無駄にしたりこぼしたりしてはならないことなどを教えられる。

また朝、起きたら、季節によって違いはあるものの、親に与えられた繊維類を身につけて、原則として、それまで寝ていた夜具には戻らないこと。そして、夕方の食事がすんだ後では、親に言われるままに、朝起きた寝具に入って、翌朝まで眠ること。

そして何よりも、親の権威を認めて、その指令に従うこと。そのような形で、一人の子供は彼、彼女が生を受けた家族の中で、愛情の対象とも、教育の対象ともなる存在として育ってゆく。家族は親ばかりでなく、親の親がいる場合もあるし、同じ親から生れても、自分より先に生れた子、つまり兄や姉には一目置かねばならないこと。そして同じ親から生れても、自分より後から生れた子、弟や妹に対しては、親が自分にしてくれたような愛情をそそぎ、親が彼らにほどこす教育の補助をすることを知るようになる。

人はそのような形で、生れて一年ほど後には、母に抱かれ、母の乳を吸う存在から、自立した人となることを要求される。これが子供が受ける最初の教育であろう。

品性、人格はどこで作られるか

排泄だって、最初のうちは、その生理的欲求がおきた時、その欲求に任せることが許された。オムツという下着を肌につけて、それが排泄物を受け止めてくれる。臭いその他で家族、多くの場合は母親が気付いて、オムツを代えてくれる。

しかしやがて、それが恥ずかしいことであることを知るようになる。親のような下着を身につけて、それを排泄物で汚さないこと。最初のうちは母親に訴えて、排泄を手伝ってもらうが、やがて、自分でその全てを処理できるようになる。

子供はこのようにして、父にも母にも愛されている自分を意識する。そして、自分は両親を頼りにして生きているし、両親の姿が見えないと、淋しくて泣いたりするような、深い関係を持っていることを否応なく自覚する。時には兄、姉という存在があって、当初は子供のライバルでもある。排泄物の処理をし損なうとあざ笑い、食事の仕方がなってないと軽蔑する。

私の場合は両親と一人の姉、四人で食卓を囲んでいたが、私だけは座布団の上に新聞紙を一枚、拡げたものを置かれる。

「なんで？」

母に聞いたことがある。母は私に甘かったから、ニコニコ笑いながら、

「あんたは特別」

と言ってくれた。しかしそばにいた姉が冷酷に理由を説明してくれた。

「あんたが食べ物をこぼして、お座布団や畳を汚すからよ」

私は勿論、大きな声で泣いたのだが、それは姉への憎しみではなかった。自分がまだ家族の一員として、一定のレベルに達していないという事実が悲しかった。それで、これからは食物をこぼすまいと決心した。

このように姉は時折、私に残酷な事実をつきつけた。それで私は姉に苛められている、という感じを持っていた。

ヒナアラレをオヤツに貰うことがあれば、姉が分配役である。私用にアラレをピラミッド型に積み上げて、一見、量が多そうに見えて、外観もキレイであるが、実質は姉のほう

が遥かに多いように、姉はセットした。

このようにして、私は見かけと実体の違いを知り、ウソとホントウがあることも判ってきた。しかも、ウソの中には愛情故のウソもあれば、悪意の、私をダマそうとするウソがあることを知ることになった。

私の両親は駆け落ち者夫婦だったから、祖先ということは問題にならなかったが、家庭によって、子供は小さい時から祖先を崇めることを教えられるかもしれない。

農家の子だったら、こうやってご飯が食べられるのは、オジイサンが毎日、タンボで働いて稲を育てて、それからお米を作ってくれるからであり、余ったお米を売って、そのお金で着る物も、ウチではとれないオサカナやオニクも、手にいれることができる。あるいはお父さんは家族の生活ができるようにと、会社でオシゴトをして、お金をかせいでくる、と教えられる。

そういう祖父や父親に感謝せねばならないのは当然としても、そもそも、我が家の田はオジイサンのオジイサンの、そのまたオジイサンのころ、一生懸命に働いて我が家のモノにしたのだから、それを守り育ててきたご先祖に感謝しなければならないと、感謝の印に毎朝、食事の前には、仏壇に両手を合わせて祈ることをしつけられる子供もいよう。

つまり家庭での子供の育て方——教育の仕方といってもよい——は地域によって、時代によって、文化を共通する社会によって、さらには子供を囲む大人たちの性格によって、さまざまな形を取るにしても、ここで子供たちはその家族の一員として生きるためのルールと、そこのルールの意味を教えられる。

たとえば幼稚園の教室では、さまざまなゲームを楽しむ。一緒に歌を歌うこともある。ゲームが下手でも、音痴でも、それを一つの個性として評価してくれる。

「○○チヤンの歌いかた、面白いわよ、そうでしょ、ネエ、みんな」

と言ってくれるから、音痴でも声張り上げて合唱に参加することができる。ここでは原則としてイジメはない。陰湿な形でイジメがあったところで、先生に言えば、それなりに解決してくれる。ここでは誰もが平等なのだ、そしてミンナ一緒に参加することに意味があることを教えてくれる。

小学校の段階になると、個人的な差異が序列となり、優れた子、劣った子という区別をつけられる。先生の言うことをよく理解し、従わねばならないのだし、その程度は成績という形で、順位をつけられる。

しかもその順位は学年が上がっても、それほど変わらない。つまり優秀な子と劣った子という判別がつけられる。それが子供の価値を決める唯一の物差しとすれば、劣っていると決めつけられた子たちはたまったものではない。そこで、前にも言ったが先生の作った価値観とは違った価値観を作る。女の子なら、美醜という別の基準を見出すだろう。

誰もが、それなりの物差しにおいて、他の子より優れている点を発見して、学校の成績の悪いという劣等感を、補おうとする。また大人のルールにそむくことに快感を覚えることも知る。そうすれば、学校の成績が悪くとも、先生だって大人なんだから、大人の見方しかできないのだ、と傷ついたプライドを補うこともできる。

T字型に道がついていて、その突き当たりに白く塗ったコンクリートの塀がある。キャッチボールを覚えたてのころは、その白い壁に自分でボールを投げ、その返ってくる球を受け取る。そうやって、投球と補球の練習ができるし、下手な投げ方をして、とんでもない方角に返ってきた球を受け止められるようになることもまた楽しい。

そのなのに、その家のオバサンは、ボールが塀に当たる音を聞きつけると、眉を逆立てて怒って出てくる。

「塀にボールの跡がつくじゃないの。アタシは毎日、雑巾で拭かなきゃなんないのよ」

それではボールを投げ損ねて、そこの家の庭に入ってしまったらどうするか。

一つの道はこっそり中に入って、行方不明のボールを探しだすことである。

その段階でボールが見つからなかったら、平身低頭してボールを探させてもらい、塀に残ったボールの跡を雑巾で拭き取る手伝いをすること。そうこうするうちに、ボールの投げ方、受け方もうまくなり、もはやその白い塀などは使わずに、友人とキャッチボールができるようになる。

自分の物差しを持っているか

今は学校給食の時代だが、昔は生徒一人一人が、弁当を持って登校した。しかし貧しくて弁当を持って来れない子もいた。欠食児童と言った。私の小学校にも欠食児童がいて、彼は私より一学年上だったが、弁当の時間になると、校庭の隅のシイの木の下に立って、仲間が弁当を食い終って校庭に出てくるのを待っていた。

私は彼の存在が気になった。今日も欠食、昨日も欠食だった、と自分の弁当を食いながら彼の立ち姿を見ていた。

ある時、ガマンしきれなくなって、担任の先生に彼のことを言った。

先生は私をジッと見ていたが、財布から十銭玉を出して、

「これをあの子にやれ」

と言った。当時、学校の前の文具店に行けば、あんパンが一個五銭で買えたのである。

私は走って彼のところに行き、十銭を渡そうとした。しかし、彼は私を見て、

「いらない」

と言ってソッポを向いた。先生にお金を返しに行くと、先生は私に、

「君がこういうことが気になるのなら、生涯かけて、この問題の解決法があるかどうか、考えてみろ」

と言った。


私たちの組に四年生の時に転校してきた子がいた。今から考えると、彼は私たちより一年くらい年が上だったかもしれない。体は大きく体力はあったが、暴力的ではなく、機嫌よく、転校生のくせに、よく私たちになじんだ。私は殊に彼と親しくなって、彼の家に行ったことがある。

彼の家——それが家といえるものならだが——は学校の北に流れる川の、氾濫に備えてだろうか、一段低くなった河原があったが、その流れのそばに、今でいうホームレスの小屋のようなバラックがあった。恐らくは非合法的な建造物であったに違いない。何かの看

板とか、建築現場の余り材のようなもので作った小屋だった。

彼は喜んで出てきて、一緒に網でサカナを取ろう、といってくれた。網を一つ持っているだけである。

「サカナなんか、この川にいるの？」

と聞くと、

「メダカだって何だって、佃煮にすれば、食えるのさ」

と事もなげに言う。

しかし彼はよく学校を休んだ。

小学校五年になると、一日六時間の授業が終えてからも、先生の指導による中学受験の課外授業がはじまる。ある日の夕方、その課外授業を終えて、家に帰る道で、リヤカーを引く彼に出会った。彼はその日、学校は休んでいた。

しかし私を見ると、陽気な笑顔を見せた。休んだのは病気などではなく、どうやら家事を手伝っていたのだ。

リヤカーの取っ手に、紐をつけた大きな犬をつないでいたが、この犬は車を引くための助けにはならなさそうだった。彼のリヤカーの積み荷のことで文句を言われた時の、闘争力の補助として、犬を連れていたのかもしれない。リヤカーに載せているのは、ゴミ箱などから集めてきたに違いない、木片や果物の箱の類だった。彼の家は当時の言い方では「クズ屋」をしていたのだ。

私は一瞬、悪いものを見たように思った。彼もマズイと思うだろうから、知らん顔をして通り過ぎようかとさえ思ったのだ。それなのに、彼の表情はあまりにも明るかった。

「今、学校の帰り？」

と彼は言い、陽気に手を振って、通りすぎていった。彼は間もなく転校したから、彼のその後のことは知らない。しかし彼はいささかも自分の生活、やっていることに劣等感を持っているとは見えなかった。

小学校の段階では、社会の作った学校の成績という物差しで、自分の位置を知らされることは大きい。しかも世の中にはさまざまな物差しがあって、子供はそれをおしつけられる。しかし、学校や社会での評価の低いことに頓着せず積極的に置かれた環境を楽しんでいく子もいるのだ。

何度か書いたように、教育はまず家庭で行われる。

衣服の着方、食事の仕方、家の中では許されることでも、外ではやってはいけないことが沢山ある。それらにどうやって対応してゆくか、と言ったことは主として母親の子供のシツケの範囲である。それが厳しいと、当然、子供が泣きだす。もし、その場に父親がいれば、

「おう、おう、ママに叱られたか。可哀相にな。でもな、ママはお前が憎くて、あんなに叱ったんじゃないぞ。やはりママの言う通りなんだ。お前も紅茶で、服を汚さないようにしなくちゃな」

などと言ってくれれば、子供は泣き止むだろうし、自分の失敗を怒って、母が自分を見捨てたように思えて泣いたのに、母親とのキズナは十分に深くしっかりしている、と父親に保障してもらったことで、安心して泣きやむ。

子供の家庭での教育はこのようにしてはじまるのだが、それは必ずしも、親の側が主体になって、白紙状態の子供に、アイロンをかけてキチンとした折り目を作ってゆく、といったものではない。子供が主体になる教育、というものもあって、こちらのほうがより重要だ、と私は言いたい。

つまり仕付けられた折り目でなく、自然にできたシワの意義を発見して、それによって生きることもできる。折り目とシワの差を覚《さと》らせることが教育というものであろう。

◉著者紹介

三浦朱門（みうら しゅもん）

作家。1926年東京生まれ。東京大学文学部言語学科卒業。日本大学芸術学部で教職を務めながら、第15次「新思潮」に加わり、'51年『冥府山水図』で文壇にデビュー。小島信夫、阿川弘之、安岡章太郎、遠藤周作、吉行淳之介らとともに第三の新人と呼ばれる。'67年、『箱庭』で新潮文学賞受賞。'82年、『武蔵野インディアン』で芸術選奨文部大臣賞受賞。'85～'86年文化庁長官に就任。'99年、第14回産経正論大賞受賞、文化功労者にも選ばれる。前日本藝術院院長。妻は作家の曽野綾子。夫婦ともに、カトリックの信者として知られる。

近著に、『老年の見識』（海竜社）、『老年の品格』（新潮文庫）、『夫婦のルール』〈曽野綾子共著〉（講談社）、『家族はわかり合えないから面白い』（三浦暁子共著）（三笠書房）、『夫婦口論』〈曽野綾子共著〉（扶桑社）、『うつを文学的に解きほぐす』『老年のぜいたく』『老年に後悔しない10の備え』『ひとりで生きるよりなぜ、ふたりがいいか』（共に小社）他、多数。

『東大《とうだい》出《で》たら幸《しあわ》せになる』という大幻想《だいげんそう》

2015年2月6日　第1刷発行

著　者　三《み》浦《うら》朱《しゅ》門《もん》
発行者　尾嶋四朗
発行所　株式会社 青 萠 堂
〒162-0808　東京都新宿区天神町13番地
Tel 03-3260-3016
Fax 03-3260-3295
印刷／製本　中央精版印刷株式会社

落丁・乱丁本は送料小社負担にてお取替えします。
本書の一部あるいは全部を無断複写複製することは、法律で認められている場合を除き、著作権・出版社の権利侵害になります。

© Shumon Miura 2015 Printed in Japan
ISBN978-4-921192-90-3 C0095

好評既刊本

ひとりで生きるより なぜ、ふたりがいいか

【熟年時代の愛情論】

三浦朱門

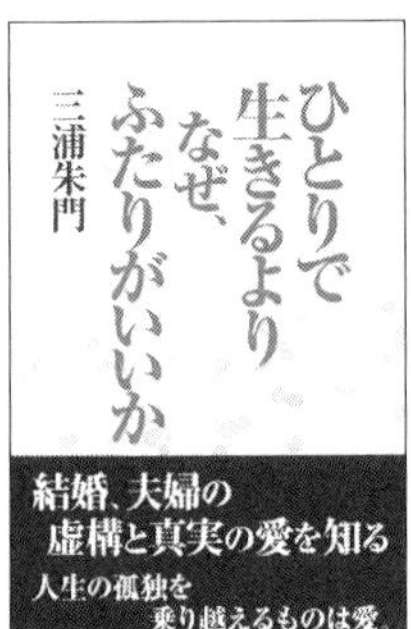

その愛を裸にすれば…
すべてを明かす渾身のエッセイ！

結婚、夫婦の
虚構と真実の愛を知る

人生の孤独を
乗り越えるものは愛。

四六判並製／定価1300円＋税